扫码观看视频

莽山传

曾散 著

CNS PUBLISHING & MEDIA | 湖南电子音像出版社 · 长沙
Hunan Electronic And Audio-visual Publishing House

莽山将军寨景区◎邓加亮 摄

目 录

CONTENTS

莽山“迎客松”©周洁纯 摄

引 子

作为一名宜章人，许多年前向别人介绍自己的家乡时，我往往要先提郴州。为了不让人看轻郴州，我还会讲上两个典故：一是“郴”字最早见于秦朝，篆体的“郴”字左林右邑，意为“林中之城”，是专为一座城而造的字，独属于郴州；另一个是宋朝秦观贬谪郴州时写下一首《踏莎行·郴州旅舍》，其中一句“郴江幸自绕郴山，为谁流下潇湘去”广为传颂。

而接下来再说宜章，我似乎又无话可说了。讲几句“朱德、陈毅当年领导湘南起义的地方”“邓中夏的故乡”“郴州下面的县城”就匆匆结束。

是啊，那时候的宜章，能拿得出手的还有什么呢？当时我说不出宜章的经济格局是什么，也不太清楚宜章究竟有多深的文化底蕴。就是那么一座普通平凡的湘南县城，正如年轻的我一样普通平凡。

2013年，在普通平凡的宜章，普通却不平凡的刘真茂老人的事迹登上了《光明日报》，引起了热烈反响。我爬上狮子口大山，和他同吃、同住、同巡山，将他三十年如一日守林护林的故事写进了我的第一部长篇报告文学《大山赤子刘真茂》。

2015年10月，刘真茂被评为第五届全国道德模范。也正是那个时候，我开始意识到——我的家乡宜章，看似普通平凡，却有着令人自豪的人和事。

2022年3月，“感动中国2021年度人物”揭晓，宜章莽山女孩江梦南于无声中勇于追梦、勤于圆梦的励志故事感染、打动了无数人。料峭三月，我带上纸和笔，来到莽山脚下，在江梦南从小生长的地方，听赵长军、江文革夫妻俩讲述女儿一路走来的艰辛与坚毅。在写完《追梦天使江梦南》后的很长一段时间里，我眼前时常浮现出那个靠着读唇一路走进清华大学的坚强身影。

这两个人，一个在海拔一千八百多米的山上，与清风明月为伴守着一座山；一个穿过遍地荆棘，迎来了繁花似锦的春天，迟开的她如鲜花般热烈绽放。

这两个人，成了宜章乃至郴州的两张闪亮名片。大山的儿女，如山一般的坚守和坚持，让所有的普通平凡变得弥足珍贵，可亲可敬。

家乡的人，家乡的事，让我在再向别人介绍起宜章时更加轻松，也更添自豪。这些年来，我每年都会多次回到郴州、宜章，每一次回家，总有不一样的感受，一切似乎都在或快或慢，或大或小地发生着改变，经济人文、城市乡村，一步步朝着家乡人民所希冀的方向发展。

2020年9月，中国（湖南）自由贸易试验区郴州片区正式揭牌，郴州这座湖南最早向南开放的城市，一跃成为中部地区对接粤港澳大湾区的“桥头堡”，也成了珠三角产业转移进入中西部地区最直接、最便捷的通道之一。郴州，这块内陆地区改革开放的试验田，吸引了新时代越来越多的目光，也承载着越来越多的希望。

近年来，随着文旅大兴，曾经养在深闺的郴州迅速褪去一层层面纱，将自己的山明水秀大方地展现出来。有着“东方瑞士”之称的小东江、被誉为“南方最美高山草原”的仰天湖大草原，还有“被上帝遗忘的地方”的网红打卡地丹霞高椅岭、跻身“新潇湘八景”之一的莽山……自然伟力的鬼斧神工之下，一座座奇险瑰丽、别具风情的文旅地标，星罗棋布于湘南大地的绿水青山之间，给了郴州豪迈喊出“走遍五大洲，最美有郴州”的底气。

郴州美景何其多！

一山跨两省的莽山，因山高、崖险、峰雄、石怪等奇特的地貌景观，赢得了“中国南方原始生态第一山”的美誉，连续几年在节假日旅游中“出圈”。大美莽山，林海莽莽，山岳耸峙，气势磅礴，将军寨之幽、天台山之险、五指峰之奇、猴王寨之瀑、猛坑石之高，让每一位游客叹为观止，流连忘返。

我对莽山其实也是近两年才渐渐熟悉。和很多外地游客一样，最开始因“莽山烙铁头蛇”而关注，在一次次的探访中，莽山的山山水水，莽山的人和事纷至沓来，让我不断地在心中勾勒出一幅幅奇异的画面。它的壮美、神秘，它的多元、含蓄，在我的脑海里时而重叠，时而分立，我始终都无法给这座亿万年前就矗立在这里的大山一个明确的定义。

但这又如何呢？莽山，它不需要被定义，也无法被定义。它走过沧海桑田，见过世事变迁，如今，又以一种新的姿态出现在世界眼前。

第一章

莽山五指峰景区◎邓加亮 摄

奇观记

QI GUAN JI

山奇、崖险、水秀、林幽、石怪、峰雄，在莽山一一囊括。

一

2023年5月中旬，我又一次来到莽山。

立夏刚过不久，天气就逐渐热了起来。还没进入莽山，光是看到那遮天蔽日、郁郁葱葱的景象，心头就感到一阵清凉。

这并非心理原因。在莽山一带，存在着独特的小气候。当地有一句俗语：“一山有四季，十里不同天。”莽山位于南岭地区，同时受到南方热带暖湿气流和北方冷空气的共同影响，再加之两万公顷林区造成的热量和水分收支差异，种种因素造就了这里独特的气候景观。位于北回归线位置附近的莽山，也成了中国南端有明显冬季气候特征的地区之一。莽山年平均气温17.2℃，海拔900米以上的地带，冬无严寒，夏无酷暑，气候宜人，四季如春。在晴朗的冬日，山下寒气逼人，山上却温暖如春。

从莽山林业管理局路过继续上山，不远处就是景区的西大门。四根朱红色圆柱托起赭黄色的飞檐翘角组成的门楼，掩在一片苍翠之中，更显古色古香。在2019年10月之前，西大门是整个莽山景区的主要通道，前往莽山国家森林公园的科考、观光都是由此进出。

进西大门不到2公里，就到了独具特色的莽山自然博物馆，里面陈列着莽山珍稀动植物标本。馆内除了标本之外，最引人注目、最著名的，是饲养在这供科研观察用的莽山独有的国宝——莽山烙铁头蛇。博物馆前立有莽山烙铁头蛇发现者陈远辉的雕像，莽莽群山之下，这尊人蛇共舞的雕像已成了游客必来的拍照打卡之地。

雕像背后，就是近年来开发的猴王寨景区。

工作人员说，这里曾聚集着几百只莽山长毛短尾猴，是国家二级重点保护野生动物，如今尚存数个族群，如果运气好，在景区的公路上就可以见到。但也只能远观，想凑上前看个究竟，猴子便会转身逃走，隐入密林之中。

相传，以前山下的瑶民过着与世隔绝的生活，山中的猴群也在此繁衍生息，人猴共栖山中，各守边界。久而久之，性情温和的猴子逐渐与善良的瑶民相亲相近，相处十分融洽。有时瑶民出门干活，老

莽山国家森林公园大门◎刘付火炬 摄

国家二级重点保护野生动物——莽山长毛短尾猴◎①邓加亮 摄

猴还会主动上门为其看家，瑶民摊晒在房前的食物，猴子也常会过来顺手牵羊。人与猴和平共处，两个物种间的界限也越来越模糊。直到二十世纪中期莽山林区进行开发，猴群的属地缩小，加上盗猎偶有发生，导致猴子数量逐渐渐少。保护区建立后，猴群数量又有所增加。

博物馆后面有两个大铁笼子，笼内各关着一只猴子。工作人员介绍，左边铁笼里的那只猴子曾经是这片山中的猴王，在一次接受后辈的挑战中受伤落败，失去了一只前肢，也失去了在山中称霸的能力，最后落魄到连觅食都困难，于是景区只能将它收养起来，按时投喂。

每次到猴王寨，我都会去看一看它。笼中的老猴王总是一副兴致索然的样子，无论游客怎么逗它，都鲜有反应，甚至都懒得转动一下身子。偶尔会抬起眼皮，瞥一眼笼子外兴高采烈向它呼喊的人类，随即眼光迅速一暗，缓缓低下头去。

我问工作人员，就这么一直关着吗？

是的。

②③④⑤刘付火炬 摄

看来，这个铁笼子十有八九就是老猴王此生的归宿了，我心里说不清是喜是悲。

右边铁笼里的猴子则是另一番景象，看到有人靠近，便在笼内上蹿下跳，不断发出声响。听讲解得知，这只猴子曾经几次骚扰游客，顽劣不改，才被抓住关进笼子里，算是关了禁闭。

穿过莽山自然博物馆，眼前是一座悬索吊桥，桥的对岸是一片苍翠的古木，猴王寨景区的入口掩映其中。走过吊桥，就进入了猴王寨。

猴王寨景区与莽山国有林业管理局（简称莽山林管局）的职工生活区相隔只有两公里，但在景区未开发之前一直都是一个人迹罕至的神秘世界。游人走在路上抬头就可看见，却是可望而不可即。如今开辟为景区，沉寂了千万年的幽古瑰奇的美景才一朝得见。

虽然没有漫山遍野的猴子，但猴王寨并不冷清。才踏进景区，水声、人声已不绝于耳。溪流的声音分明可辨，有急有缓，有的势若奔马席卷而来，有的淙淙潺潺、优雅舒缓，伴着游客的呼朋引伴声、惊呼赞叹声一起回荡在寨谷之中。

除了壮丽的山色，猴王寨有名的胜景就是瀑布了。猴王寨内有大小不一的瀑布群多达十来处，其源头是将军寨景区的青龙溪。溪水一路蜿蜒而下，穿过原始森林的千涧万壑，汇集成潭，最后在奉天坪群山大峡谷间纵身跃下，如白练、似银龙，让整个猴王寨变得生动而蓬勃。

初入猴王寨，只见一条沟壑嵌在两座石峰间，水流声不绝于耳，空气也莫名清新了许多。但除此之外好像并无出奇之处。沿着人工开辟的栈道继续前行几步，翡翠潭豁然现于眼前。水流如一匹白缎顺着山谷流入潭中，荡起圈圈涟漪扩散开去，如微风吹皱一池春水。潭水清澈见底，触手冰凉，不少游客拿出手机、相机忙着拍照。

不用猜，他们肯定是第一次来猴王寨，所以才对这景象感到惊奇。不否认翡翠潭的清丽，但终究还是缺了气势。作为高山瀑布的最后一段，它实在是少了那种万马奔腾、一往无前的恣意豪迈。也许，一路跋山穿石过滩已经耗尽了它的气力，什么雄心壮志，什么奔流不复返，都已在来时的跌跌撞撞中逐渐磨灭了。眼见碧潭在望，似乎终点在即，躺平也好，摆烂也罢，也就不管不顾，涌入其中了。

翡翠潭往上又有一道瀑布，名为万斛珍珠。才上了几十步台阶，相距不过二三十米，气势却截然不同。水流从两侧峭壁之间喷涌而出，余势不绝，冲出谷底后竟分散开来，又继续往前喷洒一两米之后，才力竭落入下方潭中，激起一阵阵水花和水雾。

顺着栈道继续往上攀爬，沿途所遇瀑布的气势愈发磅礴起来。每道瀑布之下都有一汪清潭，水色翠绿、清可见底。潭水平静处，澄澈如镜；瀑布飞击时，声如环佩叮当，搅得潭水如绿绸挥动。如遇阳光照射，更显光怪陆离。上下悬瀑和碧潭连缀，如串串珍珠，又好似蛟龙走壁，叠成一条曲折的飞瀑线，在猴王寨翩翩起舞，气势如虹。

潭潭入画，瀑瀑成诗。

每一处清潭底下，多是被冲刷磨洗得圆润光滑的石块，大的一两尺见方，小的如鹅蛋大小，浸在清水之中已不知年月。峡谷中遍布大得出奇的怪石，特别是瀑布水流下坠的地方，往往横亘着一块巨石，大马金刀地立在那里，后方的溪水不得不因之绕道，或是从巨石与峡谷的缝隙中流出，在巨石前方汇合后一起奔赴潭中。

有一道瀑布旁边是一个天然洞穴，洞口上方刻着三个大字："水帘洞"。水帘洞的得名相传和神话故事《西游记》中的齐天大圣孙悟空有关。

传说当年孙悟空保护唐僧西天取经有功，终成正果，被封为"斗战胜佛"，一日闲来无事，便想回花果山与猴儿们相聚。到得花果山上空，大圣按落云头，却发现昔日的地盘已被另外的猴王占领。孙悟空心头大怒，本想掏出金箍棒将其赶跑，转念一想自己如今已成佛，再与凡间生灵争斗，岂不失了身份？于是驾起筋斗云离开花果山，云游四方。这一天，大圣闻得南海观世音菩萨要在莽山天台寺召集群仙聚会，便兴冲冲前去。到了莽山后，听到茂林之中有流水奔腾之声，吼声如雷，仙气缥缈；两道绝壁之上林深花香，还有一群猴儿嬉闹正欢。大圣睁开火眼金睛一瞧，发现水流之后的峭壁上有一洞穴，洞顶仙光闪耀，竟与花果山水帘洞别无二致。大圣心中大喜，降下云头，召集众猴前来，教它们舞枪弄棒，传授技艺。此地风景令大圣流连忘返，久久不愿离去，猴子猴孙们索性建起一座猴王寨。周围老百姓只知山中来了个猴仙，纷纷烧香供奉，所求之事尽皆灵验。于是，将这片群山改称"奉仙坪"。相传李自成失败

猴王寨瀑布群◎刘付火炬 摄

后，率残部退守莽山，因李自成自称“奉天王”，“奉仙坪”于是又改称“奉天坪”。

水帘洞深入山体，洞中的情形是否与神话里的水帘洞相似不得而知，尽管来过几次，我也未曾进入一探究竟。洞口四周裸露的石壁上竟然生长着几棵细细的树，树根扎入岩石之中，看似弱不禁风，仿佛是黏在石头上，下一刻就会掉下来，实则纤细的它们在这里已不知生长了多少年。山风劲吹，却也无法撼动它们与石头之间的相连相依。

洞口上方四五米的地方，有一个长在石头上的粗壮树桩，树干已不见踪影。虽然已经不具备一棵树的完整形态，甚至不能将它称为一棵树，但它的根仍然深深地扎进了山体中，倔强地维持着树桩的腐而不朽。树桩上还虬生着伸向四面八方的粗短树枝，可惜早已没有了生气。倒是一株毛棉杜鹃，偷巧地寄生在树桩之上，长得郁郁葱葱。生与死的交替，在猴王寨毫不起眼的一个角落里演绎得如此淋漓。

洞口前方水流哗哗作响，最妙的是洞旁竖着一块略高于洞顶的巨石，石上溪水倾斜而下，形成一道水帘刚好遮住洞口。山风吹来时，水帘好像一条洁白的宽大绸带在空中飘荡，时而远离洞口，像是洞中有人掀帘而出；时而一扭腰，往洞中飘去，等风转了方向，水帘也跟着舞了出来。

更为巧合的是，水帘洞之上的瀑布，竟然名为“猴面瀑”。这个名称当然不是胡乱叫出来的——横亘在瀑布上头的那块长条巨石，一半卧在峡谷中，一半却凌空伸了出来。站在栈道上朝巨石看去，伸出来的这端竟酷似一张猴子面孔，惟妙惟肖。一棵古树从山坡绝崖上倒下，架在猴面正下方的一块巨石上。树皮已完全腐烂脱落，裸露出滑溜的无皮树干，日日受着瀑布水流的冲刷，看上去滑溜无比。有人玩笑说，这棵树，莫非就是孙悟空的那根金箍棒？

据说曾经有人拿手机对准这块石头拍照时，相机的人脸识别功能竟然被自动激活了！

我也试了多次，却没有一次激活人脸模式。转念一想，或许是现在的手机拍照算法更为先进了吧。

孔雀瀑是游客目前能登临的位置最高也是水势最大的瀑布。高山流水在一堆巨石上和石缝中纵身一跃，化为碎玉一般，轰隆声中齐刷刷地一头扎进瀑底的清潭，溅得“大珠小珠落玉盘”。潭边斜斜地撑着一棵不知多少年前倒下的古木，树皮已剥落近半，露出斑驳的树干。离古木不到两尺的石丛中，长着一株杜鹃，红艳艳地开得正盛，随着清风摇曳。万翠丛中的这几点红，不出意外地成了猴王寨中一抹独特的艳色。

孔雀瀑再往上，背靠山体建有一个两层的木制仿古亭子，群山皆绿，亭边古木如盖，褐色小亭尽显遗世独立。小亭正对着一道从山顶流下的清泉——那是整个猴王寨地势最高的九叠泉，景区瀑布群的源头自将军寨流来，入猴王寨地界后，历经九转才来到此处，故名“九叠泉”。登上小亭，凭栏望去，漫山皆翠，绝壁之间泉水如一条白龙降世，石挡击石，势若千钧，只撞得珍珠满天，凌空飞散，泻玉倾银。

如今猴王寨景区的开发还只到这里，在亭中也仅能看到这一叠的

国家二级重点保护野生植物——华南五针松◎邓加亮 摄

气势，其余八叠的壮观景象，只能神往兴叹了。

往下看看来时路，初登时觉得陡峭的栈道，已掩在茂林之中难见踪影。山风拂面，水流声从四面八方不绝传来，勾得人愈发想要前往源头一睹为快。

是的，溯着眼前这道泉水而上，就是神奇的将军寨。然而，清泉可以自上而下淌来，人要逆流而上却难于登天。从猴王寨到将军寨，只能先下山，再绕上一圈前往了。

二

莽山将军寨紧邻广东韶关，以前叫“鬼子寨”。“鬼子寨”的得名，也和闯王李自成有关。事实上，莽山所有和李自成相关的传说都源于此处。

相传，当年李自成兵败山海关后，率部撤退到莽山，见此处古木参天，人迹罕至，易守难攻，实乃休养生息的绝佳之所，遂令军队驻扎此处。后来，清廷得到消息，派兵前来清剿。义军堵住瀑布源头待敌。八旗兵马背上无敌，却在莽山的原始森林里吃尽了苦头，在寨谷中累得人仰马翻。疲乏的清兵瘫倒在峡谷底里休息时，闯王义军突然炸开山石，山中的瀑布洪流奔腾着朝清兵冲去。还有不少头戴面具、扮作鬼神的义军钻入峭壁缝隙，仰头怪叫。惊恐万状的清兵大部分被激流卷走，只有少数侥幸生还，慌不择路地逃离出去，逢人便说寨谷中有“鬼”弄水，“鬼子寨”就这样叫开了。后来，景区注册时，因为众所周知的原因，“鬼子”二字不宜使用，于是改作“将军寨”。

将军寨是典型的花岗岩地质地貌，形成于侏罗纪晚期和白垩纪早期，发育有峰岚、峰丛、峰柱、峡谷、崖壁等地貌。这里保存着全世界最完整的南亚热带天然常绿针阔混交林森林生态系统，群落稳定，演替正常，林分结构合理。林中生长着伯乐树、南方红豆杉、华南五针松、莽山烙铁头蛇、黄腹角雉、藏酋猴、黑熊等珍稀野生动植物。早在1957年，将军寨就以独特的自然风光和众多珍稀动植物而成为中国14个自然景观区之一，是湖南省第一个自然景观区。从这一点来说，将军寨或者说莽山，开了湖南自然保护区的先河。

如今，将军寨景区是全国科普教育基地，已开发了两条栈道，进入景区后便有左右两条道路可供选择。右边的栈道可以领略层层叠叠的参天古木和一望无际的起伏峰峦；左边的栈道则是一路顺着青龙溪蜿蜒铺设。

一条青龙溪，纵贯将军寨。溪名“青龙”源于莽山地区瑶民的信仰图腾小青龙。传说中的小青龙一直被传得神乎其神，直到莽山林管局职工医院医生陈远辉发现并与赵尔宓院士共同命名莽山烙铁头蛇，谜底这才揭开。如今，从景区入口沿着左边的栈道往山中前行约一公里，溪边的山体石壁上刻着“青龙居”三个大字，那里正是当年陈远辉放生莽山烙铁头幼蛇之处。

青龙溪中遍布巨石，溪水从巨石中穿行而过，一路汩汩流向猴王寨，汇集成瀑布群的源头。行走在栈道上，沿着溪水前行，我暗自思索，如果当年义军水淹清兵的传说属实，先不说陡然间从天而降的山间水、四周忽然响起的怪叫声，光是眼前这一颗颗硕大的石头，就足以给那些贸然闯进原始山中的清兵足够的威慑了。

溪水碧绿、明净，两岸奇峰林立，古木荫蔽。林莽、峰岚、溪泉，恰似一条长长的山水画廊。溪水清澈透明，不时能看到鱼翔浅底。这些小鱼似乎不太怕人，有人靠近也不慌不忙地在水中摇尾嬉戏。拿树枝搅动溪水，它们似乎才反应过来，尾巴一晃，这才迅速地游开了。

栈道靠近山体的一侧，还能看到莽山林管局当年组织人力开凿出来的进山小道，大约相隔半里就有一条，顺着地势较缓处一路蜿蜒向上延伸，没入山上的密林中。青石块铺成的小路大多已被后来长出的草木掩住，半隐半现。在这亿万年形成的陡崖茂林中开路，难度可想而知。而今，二十世纪耗费巨大人力辟出的小路早已完成使命，日益荒废。或许会有胆大的游客一时兴起，试着攀爬一番，但上不去多远，肯定会因坡太陡、树太多而折回。如果硬要咬紧牙关往上闯，务必带上一根登山杖，或者在林中捡一根树枝作为辅助——别忘了，这山中可是不缺蛇虫野兽的，树上可能盘绕着蛇，脚下可能突然出现怪虫……一想到这些就令人头皮发麻、惊悚万分。

沿着青龙溪越往里走，越能领略到原始森林的神秘和壮观。难得一见的红豆杉、福建柏、大果安息香等野生植物在这里不说随处可见，但也是数量众多。一眼望去，尽皆是树，密密麻麻地分布在青龙溪两岸，不知它们生于何年，长了多久。有的参天蔽日、粗壮异常，树皮老迈得行将剥落，似乎与山同时存在，却还是直挺挺地矗立着，连山中的劲风都难以摇动它的枝丫。但有的树树干才碗口粗细，在这漫山古木中显得有些不入流。一时好奇心起，看了看树上挂着的铭牌，这些树竟然生长了几十甚至上百年！

走在将军寨中，感觉永远都是阴凉的、清爽的、舒适的。这里的每一片绿叶都散发出碧玉般的光泽。在夕阳的照射下，满目的翠绿之上镀上了一层柔和的金色，似乎连空气都格外沁人心脾。我想起之前看过的介绍，这里空气中的负氧离子含量非常高，每立方厘米高达106900个，和猴王寨一样，这里也是一个巨大的天然氧吧。

青龙溪岸边还有几处当年闯王义军活动的遗迹。在一个溪流拐弯处立了一块牌子，标有“纸浆湖”三个大字。相传，闯王余部李锦（李自成唯一的侄子，又名李过，在闯王死后接手大顺军）率领的义军驻扎时，在这里就近取苦竹、箭竹为原料造纸，造好的纸张用马队运出与外界交易，以换取军营所需物资。

还有一处是昔日义军的烧炭场。义军伐木烧炭，除自用外也运出进行交易。

将军石 ◎ 曾散 摄

莽山将军寨景区◎邓加亮 摄

由于独特的地貌和地理优势，莽山历来为兵家所重视。据史料记载，自南宋以后，先后有近十方势力在此建立过大本营。如此看来，李锦率领义军进驻莽山也是大有可能的。

我进山时是下午四五点，走到点将台时，太阳已经落山。虽是傍晚，但在这样的天气下，天空依然明丽。站在台上远望，可见远处群山青翠起伏，令人豪情万丈，顿觉“胸中自有百万军”，“点将台”的名字可谓名副其实。

在群山簇拥之中，将军石巍峨壮观、屹立不倒，成为将军寨的核心。

将军石是一根立在山头之上的石柱，高约一百五十米，宽达十五米，柱身粗壮，顶端陡然缩小，风化之下隐约现出五官形状。远远望去，真如一位披甲戴胄的将军。将军石历经无数年的风吹雨打，外部山石嶙峋，横竖石缝丛生，如刀砍斧劈一般，显得硬朗十足。左右两旁是两根明显低矮的石柱，如忠心护卫一般拱卫两厢。令人称奇的是，将军石周身还长了好几棵华南五针松，“立根原在破岩中”，更显得抖擞精神。

一道大瀑布自将军石流下，轰隆之声响彻山谷。溪流至将军石，从80米高空落下。据说在洪水季节，飞瀑犹如天降，大有气吞寰宇之势。瀑布中途被几座峭石截断，形成几处大水潭，而后潭又生瀑，几道飞练继续凌空坠下，洋洋洒洒奔入底下的潭中。如果站在谷底仰望，是看不到中间几个积潭的，只见一道百米飞瀑入眼来，犹如从天而降。飞瀑入潭声震耳欲聋，水花四溅，激起一圈圈水雾。此情此景，任谁都会在心中猜想，就算是“飞流直下三千尺”的庐山瀑布，也莫过于此吧。

点将台边有一块石头，叫“望夫石”，这又是一个凄美的爱情故事。

相传以前莽山有位将军远征后，他的妻子便每日登崖眺望远方，期盼着丈夫凯旋。然而将军不幸战死沙场，因为太过思念家中的妻子，一缕孤魂历尽千辛，飘飘荡荡回到了莽山。当看到在崖边苦苦等候的妻子，将军亡魂用尽最后气力向她靠近，最终在快要靠近时魂飞魄散，化作岩石，这就是将军石的由来。妻子看到面前出现的将军石跟丈夫极为相像，心生感应，悲痛欲绝，也化成了一尊望夫岩。从这之后，将军石和望夫石隔着空谷永远相望相守。

我知道，望夫石的传说林林总总，全国各地许多地方都有类似的望夫石。但此刻站在这望夫石旁，望着远处沉默的将军石，一瞬间我不禁眼眶一热。无论哪朝哪代，尘世间的真情和忠贞永远都是感天动地的，总能让人流下同情、悲悯的眼泪。将军石、望夫石也许就只是普普通通的花岗岩，从遥远的过去开始存在，只是因为形状奇特，被赋予了名字和故事，却让整个莽莽寨谷变得温情而又悲怆起来。

天色渐渐暗了下来，我再看一眼将军石，随即走下台阶，踏上了返程的路。一路的景色才刚刚变得熟悉，转身就要告别。

回到景区入口时，正好碰到从另一条栈道下来的几名游客。只听见其中一人说，到莽山旅游，如果时间不充裕，来一趟将军寨就可以了。

我不禁点了点头，深以为然。这样的评价我并不是第一次听到。将军寨确实就是这样一个地方，莽山的山奇、崖险、水秀、林幽、石怪、峰雄，这里一一囊括，猴王寨的瀑布清流，五指峰的险峻雄奇，在这里都能找到。

三

到了莽山，五指峰不能不去。

五指峰景区位于莽山国家森林公园的东部，景区著名的景点有三座海拔1700米以上的山峰：摩天岭、天台峰和观音崖，还有一个大峡谷——金鞭神柱大峡谷。

2023年五一小长假过后，湖南省文旅部门公布了各景区的成绩单，其中门票收入排行这一单项，高居榜首的便是莽山五指峰景区。在全国乃至全世界都叫得响的凤凰古城、张家界等景区通通排在它的后面。

看到这份数据的人，不外乎两种反应。

第一种：“嗯，五指峰，确实有可能。”

——这是知道或去过五指峰的人。

莽山五指峰景区——望粤台◎邓加亮 摄

第二种：“怎么可能？莽山五指峰？在哪里？”

——这是没去过甚至没听说过五指峰的人。

其实，这并非莽山五指峰第一次“出圈”。在此之前，五指峰至少有两次于公众视野中大放异彩。

第一次是在2022年10月，中国肢残人协会和中国旅游景区协会分别授予莽山“全国首家无障碍山岳型景区”“全国首家无障碍山岳型旅游景区”称号，开创了全国无障碍旅游先河的五指峰景区被业内誉为“第一个吃螃蟹的景区”。与荣誉一起来到莽山的，是一个残疾人旅游团。他们坐着轮椅，平生第一次登上海拔一千六百多米的地方欣赏祖国的大好河山，“就像在公园里散步一样”。

另一次是在今年春节期间。科幻电影《流浪地球2》火爆上映，以高票房领跑春节档，更是创造了一天破22项纪录的“超级记录”，直接带动了电影保护地球生态多样性的灵感合作伙伴莽山景区的旅游热度。五指峰景区的旅游人数从大年初一的3000人次快速攀升到初二突破5000人次。影片中直入云霄的“宇宙级高速公路”太空电梯看得数十亿观众肾上腺素飙升，也带火了太空电梯的原型——莽山摩天岭电梯。《流浪地球》原著作者刘慈欣的一句“宇宙很大，生活更大，去郴州莽山，看看太空电梯如何照进现实”更是把郴州莽山推到了全世界面前。

五指峰，想不火都难。

第二天，我早早动身前往五指峰。仍是从西门进，其实从东门进就是五指峰景区，再乘坐那条中国最长的单线索道直上千米，可以直达五指峰景区核心区。但我夜宿西门附近的乐水山酒店，距离东门50公里，开车过去也要一个多小时，倒不如由西门而上，经天台山进入五指峰。

一路都是平整的柏油路，绕着莽山蜿蜒盘旋，直通山上的天台山停车场。现在并非旅游旺季，也不是节假日，一路上很少能看到来往的车辆。近几年来，莽山国家森林公园加快了景区硬件设施建设，路修得平平整整，食宿配套设施也逐步完善，吸引了大量游客自驾来莽山。

快接近天台山停车场时，我看到停车场内已停满了各式车辆，两辆景区旅游大巴正缓缓停下，车门打开，导游领着游客们鱼贯而出，

莽山万寿塔日落◎周洁纯 摄

从他们的口音来判断，好像是广东人。不禁想起网上的一句玩笑话：湖南是中国的，而郴州是“广东人的”，在另一种意义上，这样的说法倒也有某些道理。莽山位于湘粤交界处，东、西、南三面与广东的乳源、连州、阳山相邻。当大部分湖南人才第一次听说莽山时，不少广东人早就在莽山翻山越岭了。

莫道君行早，更有早行人。我原以为我起得够早，却不想已有这么多人赶在了我前面。不少人穿着防晒衣，戴着遮阳帽、太阳镜，手持

登山杖，全副武装，由停车场左边的栈道前往天台山，我也快步跟上。

天气晴和的日子，阳光正好。沿着石砌的台阶向上爬，沿途可见不少山泉水顺着山体往下滴，较宽的石缝则有滴水汇成细流淌下地，又顺着地上的缝隙流开去。有几个低洼处，从山上流下的泉水已积成了清澈见底的小水坑。山泉水是沁凉的，有游客走得累了，用水洗把脸，再喝上几口，直呼甘甜。

一路上山势并不如何陡峭。越往上走，地势越开阔。蓝天之下，万寿塔蓦然出现在眼前。举目望去，一座孤塔立于天地间，在连绵起伏的群山映衬之下，那一道灰色更显肃穆威严。

我走到塔下时，这里已聚集了不少人。有年长的游客在恭恭敬敬地朝拜塔身壁龛中的佛像，六面塔身六尊佛，恭谨得“面面俱到”。有游客正端着相机，在不同的角度或蹲或站，一连拍了好几张才心满意足地收起相机。更多的是绕着塔走一圈，然后在塔下的石龟旁停下，伸出手摸着石龟，嘴里似乎在念叨着“多福多寿”。不用说，石龟的甲、头、尾肯定已经被摸得光滑无比了。其实，说是“石龟”，倒是显得太过随意了——正确的叫法应该是“赑屃”，又称“霸下”。传说中龙生九子，赑屃是龙的第六个儿子，似龟有齿，喜欢负重。古代的碑和塔下通常都压着赑屃。民间传闻，摸一摸赑屃会有好运降临，吉祥长寿，还有一首顺口溜：“摸摸赑屃头，全年不发愁；摸摸赑屃背，一世不受累；摸摸赑屃腚，一生不生病；摸摸赑屃尾，今生不后悔；摸摸赑屃牙，金银财宝往家拿。”所以，千百年来全国各地的赑屃都被摸得光溜溜的。

万寿塔下，有一条石头砌成的栈道通往天台山，那里正是险崖垂直落差三百米、只比莽山最高峰低两百米的“中南第一险”——莽山大天台。

那里的山势明显陡峭起来。在前往的途中，能看到栈道上隔着不远就有人停留，有的倚靠着栏杆回望万寿塔，有的爬得精疲力尽坐在台阶上张着嘴大口喘气。我不紧不慢地往上爬，踩着一级级台阶迈向最高处。栈道两边长满了密密麻麻的矮树，阳光下每一片叶子都在泛着光，看得直晃人眼。

爬完最陡的一段路后，地势变得平坦。再往前走一段路，脚下的花岗石台阶变成了裸露的山石。抬眼一看，山梁尽头的观景台猛然跳入眼中。我擦了擦头上的汗，快步走了过去。

来到台上凭栏远眺，但见前方开阔无比，远处山峰巨壑如洪峰海浪争相入眼来。我紧紧抓住栏杆，俯身朝下看去，不禁感到一阵眩晕。定了定神，才发现这三百米的高差竟是如此惊险，绝壁如削，直直地一路向下延伸，峡谷中峰林笋立，峰中有谷，谷中有峰，谷壑错综交织。

这里本是观莽山云海的绝佳之地，但此刻骄阳高悬，哪有一丝云海的影子！我却一点也不觉得可惜。眺望四周，莽山的雄、险、陡、峭、奇、幽、美尽收眼底，北望衡阳，南见韶关，还有什么不满足的呢？

“中南第一险”，确实名不虚传。

恋恋不舍地下了观景台，我前往下一站——观音寺。

观音寺也位于天台山上，俗家谓之天台寺。这是一方宝地，自西汉始即有人相中，后来建起了佛寺，民国年间毁于匪祸，再之后为道家所占。1993年观中末任道姑仙逝，尸身三年不腐，令人称奇，轰动四方。后复建佛家寺庙，就是现在的观音寺，亦称回龙寺。“回龙寺”之名也与李自成有关，相传李自成退守莽山后最终在此出家，法名奉天玉和尚。李自成起事之初曾自封为“奉天倡义大元帅”，

周洁纯 摄

而“奉天玉”只比“奉天王”多一点，“回龙”之名却也贴切。

观音寺的朱红大门紧闭，门环静垂，一副黑底金字的对联贴于左右：晨钟暮鼓警醒世间名利客，经声佛号唤回苦海迷路人。门前趴着两尊石狮子，雕得栩栩如生，不怒自威。

大门左右各有耳门，各贴一联。

左耳门联：剪一片白云补衲，邀半轮明月看经。

右耳门联：庙内无僧风扫地，寺中少灯月照明。

两副对联虽非此处原创，但在这高山之间，放眼无边峰峦，苍茫叠嶂，更觉得雅趣横生。不少游客边拍照，边高声诵读。

离开观音寺时，只见石阶旁有座小财神庙，供奉的是头戴铁冠、身骑黑虎、手持钢鞭的赵公明。不少游客自发排着队跪拜，双手合十、喃喃祈求。我继续往前走，忽然听得寺中钟响悠悠传来，一时间山鸣谷应。一回头，看见绿荫映掩之下的绿瓦红墙，心中好一阵恍惚。

我继续前往五指峰景区。顺着栈道来到小天台电梯，只短短1分钟，便已垂直上升了百米。出电梯后，就是如今已成热门景点的五指峰云间栈道了。

云间栈道建在五指峰海拔1400米至1600米的群山之间，分上下两层，沿山体形成环线，总长7.8公里，是中国南方最长最高的悬崖栈道。

顺着下层栈道缓步向前，举目众山小，回看鸟道低，仿佛人已与天相接。但见眼前山峰连着山峰，巨壑挨着巨壑，在广袤的天地间铺陈开来。那些拔地而起的塔状峰林，有的

莽山天台山©周洁纯 摄

像尖刀直指苍穹，有的像利剑寒光出鞘，有说不出的森严壮观。刀削斧劈的悬崖绝壁之上，生长着许多奇形怪状的苍松翠柏，它们把根扎进坚硬的花岗石岩中，为奇秀的峰林添上一抹抹苍劲的青翠。再俯瞰峡谷，危崖万丈，脚边绝壁如刀斧削过般，高深难测，又令人胆寒心跳。谷底烟云弥漫，山峦隐现其间，似万马奔腾，如海浪翻涌。千姿百态的石笋、石柱疏密有致，争奇斗俏。

远望五指峰，恰如一只张开伸直了的左手掌，五指分明，最左边的大拇指岔开，其余四指相连，石缝隐隐约约，好比掌中纹路。栈道上有正对着五指峰的观景台，是游客停留时间最长的地方，不少人站在指示牌旁手扶着栏杆，以远处五指峰为背景拍照留念。

沿途经过一块高约一丈的天然巨石，紧挨着护栏立于栈道边，看得人惊心动魄。石头上歪歪斜斜地长着一棵松树。石身刻有“醒石”二字，心里不禁疑惑，这块石头位于悬崖峭壁之上，看起来摇摇欲坠，危险至极，实在是一块“险石”，为何名为“醒石”？看了介绍才知道，原来，当栈道修建到此处时，碰到这块石头横卧拦路，正不知如何处理时，有人提议将它挪到一旁，或许还能成为景观。于是，这块不知在这里躺了多少年的大石头被竖起来移到了悬崖边上，横卧改为竖立，可不就是“醒过来”了吗？

往前走来到著名的摩天岭垂直电梯，这座“天梯”把两层栈道上下相连。电梯高140米，不到50秒就可到达山顶，省时省力。站在电梯里往南边看去，粤北山河尽收眼里。

上层栈道视野更加开阔了。远方群山连绵不绝，延伸到天际尽头。峰陡如削，矗立百丈，甚是险峻。阳光照射之下，岩缝如书页，历历分明。远近高低的峥嵘峰峦互为映衬，各具特色，构成一幅壮丽的画卷。在那一道道绝险峭壁之上，苍葱古松挺立在缝隙瘠土中，真是“连峰去天不盈尺，枯松倒挂倚绝壁”。

金鞭神柱是五指峰景区久负盛名的胜景之一，刚劲激越、雄奇伟岸的奇异造型使其成为莽山奇山怪石中的代表作。虽不及两侧的险峰高，却以冲天之势欲与两侧的百丈峭壁竞奇争雄。2001年，全国首次发行地方风光邮资图案信封，全国仅六幅入选，莽山金鞭神柱占得一席。石柱高120米，直径20米，如枪似戟，凌厉至极，又似一根擎天石柱昂然耸立云天，真是莽山的镇山神柱。

在金鞭神柱下，风吹谷啸，云漫峰移，整个峡谷犹如一个奇山怪石、奇花异草的天然博物馆，天机独运，鬼斧神工，令人叫绝。金鞭神柱四周有栩栩如生的“八戒拜山”，风姿绰约的“十二金钗”，以及“仙猴探海”“金牛望天”“试剑石”等景致。每一块巧石，每一座峭壁，都展示着一个瑰丽无比的神奇世界，俯仰皆成故事，横侧都是奇观。

不畏浮云遮望眼，自缘身在最高层。站在栈道上，心中顿生万丈豪气。

这一次没见到莽山云海，不少人觉得颇为可惜。有游客对同行友人感慨，若是秋冬时节来此，更容易见到云海美景。是啊，那时的莽山五指峰，当漫山遍野银装素裹，玉树琼枝，一束束冰凌冰挂在阳光照耀下，晶莹透亮、银光闪闪，整片山头白茫茫一片，犹如置身一个冰雪童话世界。每一帧都美到极致，随手一拍都是大片。

但初夏的五指峰，已足以让我陶醉此间了。这一幅浩瀚的有声有色有形的奇伟画卷，不也是收获满满？如若云海弥漫，固然是另一番胜景，但这一山的峰林之奇、花木之秀、飞泉之美、松石之神、恐怕也是无缘得见了；莽山的泰山之雄、华山之险、黄山之丽、衡山之秀、庐山之奇、张家界之峻，只怕也会打了折扣吧。

下到小天台处，近8公里的栈道就走完了。脚踩着坚实的山石，我长长地舒了口气。抬头看去，群山叠翠，绿波连天，两层栈道近乎直线般挂壁而行，仿若玉带缠山，心中不禁涌上一阵后怕。在栈道上时，眼中只有美景，甚至有时为了拍到满意的照片，不惜靠着护栏尽力探出身体，伸长手臂，全然忘了置身一千多米的高空。一路上也遇到不少恐高的游客，他们或许是经不住同伴的劝说，勉为其难踏上了栈道，一路战战兢兢，紧紧贴着山体，小心翼翼地碎步行走，眼睛大多数时候是盯着脚下，辜负了这高空绝壁之上的大好风光。也有不少人问："这不会掉下去吧，万一……"我听了不禁哑然失笑，心说这就是杞人忧天了。别看栈道伸出山体1.5米，但深入岩石部分却是更长，更何况，底下隔着一两米就有钢筋水泥混凝土铸件牢牢托着，安全得很呢。

听说五指峰景区后续还将开发玻璃栈道，我对此神往不已。等到建成了，我一定要来走上一遭，感受一下脚踏"虚空"、御风而行的奇妙之感。人类几千年来的美好愿望，不就是这样么？

第二章

莽山彩虹◎卢七星 摄

拓荒记

TUO HUANG JI

早期摸索，林业起步，
水电致富，旅游腾飞。

莽山，位于宜章县南部，处南岭山脉北麓，因林海莽莽，有蟒蛇出没而得名。本区域属南岭山地的中山地貌，系骑田岭支脉。平均海拔高，山陡坡险，海拔500米以下的面积占总面积的0.49%，500米至1000米的占34.8%，1000米以上的占64.71%。坡度在15度以下的山地面积占总面积的16.4%，15度至25度的占36.2%，25度以上的占47.4%。境内海拔1000米以上的山峰126座，其中1500米以上的33座，最高海拔达1902.3米。莽山境内地表水资源丰富，溪河纵横，有乐水河、乌石洞河、茅坪河、黑坑水、玉水等13条，珠江水系的北江发源于此。莽山地域广阔、森林葱郁、资源丰富，因接近北回归线，成为国内冬有冰雪的最南地区之一。气候温暖潮湿、雨量充沛，年平均气温17.2℃，植物生长期约290天，年均降雨量2200毫米以上。

1992年，原国家林业部批准建立莽山国家森林公园，1994年国务院批准建立莽山国家级自然保护区。1999年起实行全面禁伐，森林资源得到很好的保护，现森林覆盖率达99.23%。莽山良好的自然环境，为野生动植物的繁衍生息提供了优越的地理条件。作为中国南方最大的生物基因库，莽山有高等级植物3000余种，其中属国家和湖南省政府重点保护的56种，如伯乐树、南方红豆杉等国家一级保护树种，香果树、华南五针松等国家二级保护树种，以及华南桦、水青冈等省级保护树种。据考察，莽山还有湖南杜鹃等22种特有植物。

莽山大面积的原始森林中分布着300余种野生动物，其中属国家和湖南省政府重点保护的203种，如黄腹角雉、云豹、金钱豹、华南虎、梅花鹿等国家一级重点保护野生动物，斑林狸、白鹇、长毛短尾猴等国家二级重点保护野生动物，以及莽山特有动物3种。在莽山特有动物中，莽山烙铁头蛇受到世人瞩目，是国家一级优先保护野生动物，莽山后棱蛇也属新发现物种。

莽山森林公园内，无山不绿，有水皆清，四季花香，万壑鸟鸣。境内山奇、水秀、林幽、石怪，观赏价值极高的景点有百处之多，如峰奇石异、山势雄伟的“中南第一险”莽山大天台；香客众多、钟声绕梁的佛教圣地回龙寺；古木参天、曲径通幽、飞瀑流泉遍布的将军寨；观云海看日出、一脚踏两省三县的“天南第一峰”猛坑石；金猴戏闹、瀑布成群的猴王寨；高峡平湖、林中垂钓的林子坪水库等。

莽山的土地面积为314.17平方公里，其中莽山林管局经营面积为29.75万亩，拥有林地面积29.53万亩，拥有森林蓄积量161.31万立方米，这些都划定为国家级生态公益林面积。

作为莽山的实际管理机构，莽山林管局自成立以来，历经省、市

莽山蜡烛峰下的村庄◎刘付火炬 摄

①	②
③	④
⑤	

①莽山林管局旧办公楼◎何满力 摄

②莽山林管局旧办公楼◎资料图

③莽山国家森林公园旧门楼◎刘付火炬 摄

④莽山自然博物馆◎刘付火炬 摄

⑤莽山茅庵老街航拍图◎刘付火炬 摄

（地区）、县三级隶属关系的变迁，跨越了百废俱兴、风雨如晦、拨乱反正、乘势再出发几个时代。经过65年的沉淀，这部厚重的历史又翻开了新的一页。

1956年10月，湖南省林业厅厅长办公会议研究并报湖南省人民委员会（即湖南省人民政府）批准，确定建立湖南省国营莽山林场。当年底，由宜章县派人组建莽山森林经营所，负责建场前期工作和莽山国有林的管理，并指导复兴（现东风乡）、天塘、白沙、莽山、皂角（现莽山瑶族乡和白沙乡各一部分）五个农业社集体山林的造林和护林工作。

1958年1月，湖南省林业厅派刘桂秀、雷衍生等8人组成工作组到莽山筹备办场。3月，在莽山森林经营所的基础上，正式组建湖南省国营莽山林场，属林业厅直辖林场，为全省两个省属正县级国营林场之一。7月，林场下放归宜章县管理。10月，莽山公社合并到莽山林场（莽山公社部分仍实行集体所有制）。

1961年3月，宜章县溶家洞林场合并到莽山林场，原班人马仍作为一个工区独立存在。8月，莽山林场重新收归省管。

1972年，林场下放归郴州地区管理，但投资仍由省直接安排。

1980年，国家给林场的投资改无偿为有偿，实行“钱物挂钩”。

1982年11月，经中共郴州地委批准，“湖南省国营莽山林场”更名为“郴州地区莽山林业管理局”。

1984年5月，经湖南省人民政府批准，在东部林区原自然景观区的基础上，建立省级自然保护区，归林管局管理。11月，国家停止对林场投资。是年，郴州地委重新下文明确莽山林管局为正县级事业单位，林管局实行党委领导下的局长负责制。

1992年7月，国家林业部批准建立“莽山国家森林公园”。11

月，郴州地区编委批准设立莽山国家森林公园管理处，与莽山林管局合署办公，两个机构一套班子管理。

1994年4月，国务院批准建立“湖南莽山国家级自然保护区”。而后设立自然保护区管理局，与莽山林业管理局、莽山国家森林公园管理处合署办公，三个机构一套班子管理。

2002年1月，莽山林业管理局（含公园管理处、保护区管理局）下放归宜章县管理，仍为正县级事业单位。

世事沉浮，时代永远向前，唯有莽山依然如故。

二

对于莽山的开发、保护，时间可以上溯到86年前。

1937年4月，国民政府中央实业部派森林调查主任张国宝及各种测量、地质技师到莽山调查，进行森林普查、土地测量和地质试验。经过7个月考察，他们完成了相思坑、崖子石、石坑坝、大坑棚等地的考察资料报告。同年11月7日，实业部发布命令，将莽山林区划为国有第四林区，但当时未确定边界范围，也没有建立管理机构。

1938年，林业专家郑万钧（新中国成立后任中国林科院副院长）将前一年在莽山对天然林区树种组成、分布和生长过程的调查结果整理成《湖南省莽山森林之观察》一文，在《科学专著》上发表。

此后的近二十年里，因为战乱等诸多原因，莽山继续沉寂在湘南一隅。

新中国成立后，自1956年起，有来自苏联、越南、芬兰等国家和湖南省林业厅等机构的专家到莽山林区考察林业。莽山森林经营所和莽山瑶族乡两个行政机构相继设立。

莽山瑶族乡人民政府办公楼◎曾散 摄

直到1958年，湖南省国营莽山林场正式组建，这一片茫茫林海才开始真正纳入有序的管理体系。当年4月，湖南省及长沙市的政法、工交、财贸、农林系统的541名干部下放来场劳动锻炼，成为林场第一批劳动力。

娄底双峰人肖伯仲就是其中的一个。那一年，他正好26岁，提着简单的行李从省厅（湖南省林业厅）来到了莽山。

在来莽山的前一年，肖伯仲被错划为“右派”，对于组织的安排，他心里有失落，但更多的是解脱。远离是非纷扰对一个年轻人来说就是最大的解脱。

那时的莽山还是大片大片的原始森林，没有一条像样的能跑运输车的公路。莽山林场成立伊始，摆在面前的第一件事就是——修路。20世纪50年代中期修路，哪有什么机械设备，基本是靠人力肩挑背扛。

从宜章以及临县嘉禾、临武抽调过来的一千名劳动力，带着扁担、畚箕、铁锹、铁锤、铁镐，一头扎进茫茫林海，没日没夜地挖土、夯基、铺路。

肖伯仲是那个年代少有的大学生，拿惯了笔杆子，第一天就磨出了满手的血泡，疼得他龇牙咧嘴。到了晚上，他用针把血泡挑破，又疼得冷汗直冒。第二天，没结痂的手掌染红了铁锹。

实在没有叫苦喊疼的工夫。人人都在热火朝天地干着，时间紧任务重，分段包干，没一个人是闲着的。肖伯仲咬着牙，“嘶嘶”地吸着冷气，把铁锹狠狠地刺进地里。

莽山是花岗岩地貌，岩厚土薄，铁锤铁镐敲下去就火星直冒，有时干大半天也只能整好十多米路基。尽管难度大，路还是要修下去。在尘土弥漫的工地上，蓬头垢面是免不了的。看着周围的人，肖伯仲不用照镜子也知道自己的模样。他想起白居易在《卖炭翁》里的一句诗：“满面尘灰烟火色，两鬓苍苍十指黑。”

1993年8月，肖伯仲（左一）陪同中国林业科学院专家宋朝枢（右一）研究员在莽山科考调研（资料图）

2002年4月，肖伯仲（右二）陪同湖南师范大学植物学家刘林翰（左二）先生等在莽山科考调研（资料图）

周洁纯 摄

仅仅半年的时间，肖伯仲的双手和肩头就长出了一层茧子。不管是挑担子还是抡铁锤，动作变得越来越熟练。

到当年年底，终于修通了19公里公路。沉寂了千万年的莽山林海，第一次被人类叩开了大门。

逢山开路，遇水搭桥，进山的路修了两年。到1960年，60.5公里的新修公路开进了莽山的密林。莽山丰富的林木资源，可以一车一车源源不断地拉出大山了。

在那个“大干快上”的年代，莽山林场的主要任务就是伐树。

一开始，伐木工人只有手工锯可用，两个人各拉一边，或蹲下或弯腰，在树干两侧分别锯出口子，最后再用斧子挥砍。适合砍伐的高大乔木，多是树龄长、树身粗，砍倒一棵都累得呼呼直喘。直到20世纪70年代，莽山的伐木工才告别手工锯，用上了油锯。

对于特别粗壮的树干，手工锯无法应对，大斧子也无可奈何，就只能使用炸药了。炸药是从广州、武汉等地买回的，在树底下埋好，隔着安全距离点燃引信。肖伯仲至今还记得用炸药炸树的情景，“‘轰隆’一声巨响，树就倒下了。”但炸药金贵，能省则省，常规的伐树，只能靠人工。

砍好的树堆成了座座小山。怎么运下山，同样是个费力的难题。

莽山那时的公路无法修建到高山密林中，运输木材的车辆开到山脚下，再往里深入几公里，就无路可走了。进山的车辆只能停在公路的尽头，等着木材下山。

山路陡峭狭窄，光是走一趟都要累出一身大汗，更别说还要把沉重的木材运下山。但在当时的条件下，畜力配合人力把树运下山已经是最省力的组合。幸亏山上溪壑纵横，碰到下雨天，水很容易就涨起来，肖伯仲和同事们灵机一动，把砍下的树推到水中，一路顺流而下，省去了不少气力。

因为身份原因，肖伯仲很长一段时间在莽山林管局只能算是编外人员，外出联络兄弟单位之类的差事往往落在他身上。在那些年里，他几乎跑遍了省内所有的林业部门，爬遍了省内人迹能至的高山。

直到70年代末，肖伯仲才平了反。

1992年，肖伯仲在生产科科长的岗位上退了休，又重拾丢下已久的专业，继续对莽山宝贵的动植物资源开展调查研究。他通过各种途径搜集了高等院校、科研机关专家发表的关于莽山植物新种的文章，重新爬上打了大半辈子交道的莽山，仔细考察、采集各种植物，不断丰富着莽山植物名录。

那两年正值莽山申报国家级自然保护区，肖伯仲鼓足了干劲，主动到长沙、北京等地奔走呼吁。

从1958年来到莽山开始，肖伯仲就如同那些悬崖峭壁上的苍松，在莽山坚硬的石头上扎下了根。

1995年12月，当《光明日报》高级记者张天来到莽山采访时，一见面肖伯仲就告诉他一组数据——经过专家的科考和调查，莽山的植物品种已增加到2649种，比两年前增加了335种，占湖南全省高等植物60%以上；在2649种植物中，有381种为湖南新增物种。

这一组数字，让见过世面的张天来颇为震惊、振奋。

说起新增物种，肖伯仲如数家珍：广西北部开黄花的岩谷杜鹃是一种十分珍贵稀有的物种，但在莽山的高山崖顶能见到；滑叶猕猴桃主要分布于广西，同时分布在贵州梵净山，现在也在莽山有发现；在浪畔湖上采到的睡莲，给莽山植物图谱中增加了一个新的科。

“这种间断分布是一种少见的自然现象。”带着家乡口音的言语中，肖伯仲透着自信、自豪，“莽山林区是一个非常好的森林生态系统，一个物种在这里很难消失。全国有9个属的安息香科植物，莽山竟然有8个属19种之多；大果树参（学名马蹄参，属五加科）是分布很窄的一种植物，中国科学院植物研究所的研究人员在莽山采集到了标本；全国范围内的濒危物种——大果野茉莉，湖南全省只在莽山有天然分布。”

搞植物研究，肖伯仲有自己的一套心得。别人往往更重视高海拔植物，但他却喜欢在低海拔地带搜寻；别人重视木本植物，而他把目光重点投向数量更多的草本植物。根据他的记录，莽山的草本植物种类由原来统计的800多种增加到了1300种以上。

在莽山植物中，菊科是一个大科，有127种。1994年，肖伯仲采集到了一个新变种，经鉴定为细叶小蓬草。这种小植物，叶片也是小小的，会在七八月间开着很好看的小白花。

所有的植物中，肖伯仲最喜欢的是竹子。莽山特有的四种竹子：平舌大节竹、莽山苦竹、黄秆竹、纤细茶秆竹他百看不厌。在地下水位高的台地，土层较薄树木扎不下根的地方，这些竹子都能生活得很好，因为竹子的根不是深深地扎入地下，而是在地层的表面。或许，就跟他一样，再恶劣的环境，再贫瘠的土壤，总有办法把根扎下。

一个时代有一个时代的政策和导向。肖伯仲在莽山砍了二三十年树，退休前还当上了生产科科长，成了“砍树的头头”。但学林出身的他，内心深处始终觉得，这满山的花草树木才是莽山真正的财富，也是真正的主人。

在他的记忆里，山上最大的一株长苞铁杉，胸径达1.48米，可惜在那个年代也轰然倒下了。还有一株胸径1.28米的苦木，如今也不复存在。长苞铁杉的自然成熟期在280年至450年之间，最长可以活800年至1000年。“它们在山上活了三四百年，原本还可以再活四五百年，都被砍掉了。”

今年已经91岁的肖伯仲，老年斑爬到了脸上，走起路来，高大的身躯行动起来颤颤巍巍，像极了一棵风中的老树。很多陈年往事他慢慢忘了，唯独一件事他一直记得很清楚——

1993年，美国和加拿大的两位专家来莽山考察，临别时语重心长地说，在地球的这个纬度上，能够保存这样好的常绿阔叶林，恐怕就这一块了，你们为全世界保存了一个很大的基因库。

二

莽山是一座巨大的天然绿色宝库，除了拥有丰富的林木、动植物资源，还蕴藏着丰富的矿产、石料资源。得天独厚的地理、气候以及自然资源优势，养活了莽山林场和周边民众。在计划经济时代，林场和莽山周边村落的自力更生都是围绕莽山开展的。进入市场经济时代后，莽山的资源优势更是成了勤劳致富奔小康的坚实支撑。

1958年春，莽山林场把四条埂工区辟为种养工区，在沙坪建立蔬菜基地，开展养鸡、养猪、养兔、种菜。同时，在兑子冲、乌石洞、大坳下、南门庄、枞树坝、坪坑、相思坑、泽子坪等地也养起了猪、种上了菜，以满足职工及家属的生活需求。

林场也试过在山间种水稻。1960年，林场组织人力在兑子冲、天门岭、坳背、乌石洞、南门庄开垦了800余亩水田，年产稻谷9万余公斤。虽然亩产不高，但在那个灾害不断的年代，这样的收成也能勉强填饱肚子。

莽山林特产品众多，改革开放的春风吹到莽山后，莽山的林特经济也如火如荼地发展起来了。

黄小国　摄

莽山瑶汉人民历来喜茶，有着村村种茶、家家制茶、人人品茶的传统和氛围，茶文化历史悠久。据民国年间编写的《宜章县志》记载，莽山“以崖子石之山茶、莽山思仁坳之横水茶为最佳，其性凉，能解热毒，可治痢疾”。莽山茶虽好，但大多只是家用，或赠予亲朋好友，始终未能形成商品。20世纪80年代末期，在宜章县科委的指导下，莽山瑶族乡和莽山林管局从福建引进福鼎大白、福建佛手、福云6号、福云7号以及铁观音等茶种，并从长沙茶科所引进长沙白毫早等品种，利用莽山优越的土壤、气候条件，开辟出了茶园，进行大规模连片种植，商品茶得到了大力发展，总种植面积超过3000亩。

为了最大限度地保持茶的天然属性，莽山茶的栽培和制作都严格按照老辈人传下来的传统工艺进行。茶树不施化肥农药，茶叶采用传统手工制作工艺：采茶精挑细选，炒茶火候准确，揉茶轻搓细揉，烘焙沿用竹笼木炭。这样制作出来的莽山茶，成品无污染，品质好，一经上市就受到市场的好评，“奉天银翠”“银针”“翠峰”“雪龙”“银毫”“绿雾”等系列产品很快就闯出了名堂，在湖南茶叶市场分得了一杯羹。其中，“奉天银翠”获1996年“湘茶杯”金奖，次年又摘得“湖南名茶”殊荣，更是在1999年、2000年连续两年斩获湖南省农博会金奖。一时间莽山绿茶成了高雅的馈赠礼品。短短十来年时间，莽山绿茶产量就已达20余吨，其中每公斤市价高达960元的中、高档茶近乎占了一半。

在世界范围内，中国是最早食笋的国家之一，已有三千多年的历史。竹笋拥有相当丰富的营养价值，因其特有的粗纤维、丰富的微量元素以及多种维生素和氨基酸，再加上生长在无污染的环境中，被公认是最佳的绿色食品。

莽山的竹类品种相当丰富，京竹、苦竹、茶杆竹、箭竹等19个品种在莽山随处可见，其中莽山苦竹、平舌大节竹、黄杆竹、纤细茶杆竹等4种为莽山特有。莽山苦笋，也是一道只有在莽山才能吃到的佳肴。在莽山海拔500米至1600米林间、草丛，生长着数量众多的苦竹。每到春夏之交新笋出土，采其嫩茎，去箨水煮，再经山泉漂洗去苦，采用科学方法配料，或袋装或瓶装用于销售。莽山苦竹可炒可炖可焖，入口微苦，苦后而甘，鲜嫩无比。莽山苦竹不仅味道鲜美，还有消炎降火、清热解毒、调理肠胃、促进消化、增进食欲的功效，广受食客青睐。2000年，莽山苦竹获湖南省农博会“明星产品”称号。

泽子坪、牛寮水、垫山坑、大坳下等地，分布着2000余亩的金竹（毛环竹）。每逢春夏之交，只要下得一场雨，金竹的新笋就齐刷刷地冒了出来。采摘下来后去箨水煮，用矾水浸泡去涩，脱水，再进行科学加工，做好包装便可上市售卖。加工好的金竹笋色泽橙黄，跟黄花菜类似，所以又名“金针笋”。1992年，初加工的莽山金针笋运到浙江杭州进行深加工，经过精美包装后远销东南亚，竟然卖出了每公斤五六美元的高价。

莽山的原始次生林里，古木参天，地面终年难见阳光，阴暗潮湿。林中青冈、漆树、槠树等植物腐朽木上，长着无数纯天然的莽山香菇。20世纪50年代初，就有莽山山民辟出场地着手人工培植香菇。经过近十年的尝试，产量始终不能提升，最终停止了培植。90年代后，莽山村民从外地引进新技术和菌种，利用林木采伐中的废材进行培育，莽山香菇的产量这才得以提升。采摘下来的鲜菇根本不愁销路，在市面上大受欢迎。少量香菇制成干菇后，卖出的价格更高。

莽山四季花开不断，蜜蜂也因之整年有蜜可采。花团锦簇、蜂蝶飞舞，既是美景，也是当地村民和林管局职工的创业思路，养蜂业就这样在莽山地区发展起来了。养殖规模最大的是西岭村一位叫黄叩宇

邓加亮　摄

的村民。1989年，生在养蜂世家的黄叩宇建起了养蜂场，祖传养蜂技艺与现代科技相结合，养蜂1000余箱，之后逐年扩大，并注册了蜂蜜品牌，还开了18家连锁店，蜂蜜卖到了衡阳、郴州、韶关等地。2002年，黄叩宇的蜂蜜成了广东省第二届少数民族传统体育运动会唯一指定食用蜂蜜产品，莽山的蜂蜜在广州有了知名度。

当然，林场职工和莽山村民的创业之路并非一帆风顺。成功的经验固然多，失败的教训也不少。靠山吃山，也有“吃不到”“啃不动”的时候。

莽山林管局成立之初，开垦了3500亩旱地，试种高粱、芝麻、花生等旱地作物。一年下来，有的收成不错，有的因选地失宜，再加上管理不善，总账算下来得不偿失。

莽山林管局办公楼◎刘付火炬 摄

20世纪60年代初期，林场派人前往东北学习饲养野生动物，回来在东山坑办起了养殖场，养有水鹿、短尾猴等野生动物。然而，由于经验不足，管理不到位，所养动物病的病、死的死，半年后养殖场就关了门。与此同时，林场四处引进果木种子，在四条埂和钟家山种板栗，因鼠害严重，未能成株；在四条埂种广柑，变异为酸橙；在兑子冲、乌石洞、红茅坑种核桃，没能开花结果；在高浪种苹果，枝梢长得茂盛可就是不开花；在南门庄、坪坑、兑子冲种梨树，结出来的梨子又苦又涩；在泽子坪、乌石洞、南门庄、横坑、大坳下种莽山土茶，要么土地不适宜，要么管理跟不上，最后也是不了了之。1964年，林场在乌石洞、南门庄两地种了近500亩板栗，因为缺乏管理，板栗园成了荒园。第二年在乌石洞、大坳下、凤形坪、坪坑种植217亩药材，当归、黄芪、生地、白术、丹皮、黄连、人参、天麻、牛夕、玄参、松茯苓等林林总总，药苗种下后，因为缺乏专业人才，再加上后期管理不善，药材种植一直处于小打小闹状态，未能形成产业规模。

到了70年代，林场在泽子坪养黄牛、山羊，牛羊满山跑，时常糟践幼林、茶园，也不得不停止养殖；在兑子冲种植了30亩蜜橘，然而结出来的果实含水量高，在市场上没有竞争力，橘园最终也是对外承包了出去。

林场在莽山养过两次鱼。一次是在兑子冲、泽子坪、相思坑、竹坑、大塘坑修了10余口鱼塘，投入常规鱼种的鱼苗，没想到山高水冷，产量不高，后来也放弃了；另一次是1990年林子坪水库蓄水后，莽山林管局投资4万余元，放养鱼苗10余万尾，部分遭洪水冲走，部分因库底杂物多，鱼无法打捞，长时间也未见收益。

1985年，在兑子冲修建了300平方米的现代猪舍，规划养猪100

余头，因缺乏专业的养殖技术以及病疫防治不过关，最终也只得弃养。

山上的种养效果不尽如人意，反倒是山下的村民在1990年初引进外地的良种和栽培技术，种植了橘、桃、杨梅、梨、李、板栗等，大都获得了成功。

莽山属花岗岩地貌，石料资源相当丰富。1993年，莽山林管局投资39万元，与郴州地区林业局、地区农经委三家联营，在东山坑建立一条花岗岩板材生产线，林管局负责经营管理。联营两年后，石材市场开始下滑，另外两家先后撤资，林管局接手所有债权债务，独家经营。1996年初，为形成规模效应，林管局追加投资增设了两条生产线，年生产规模一度达2万平方米。然而，这年6月，莽山暴发山洪，石材厂上方引水渠道垮塌，石材厂厂房被冲毁，大部分机械设备被沙石淹埋。林管局再度投入32万元进行抢修。恢复生产后，石材市场仍然疲软，看不到前景的石材厂被迫停产关闭。

事后，莽山林管局痛定思痛，认真总结了石材开发失败的原因。在缺乏市场调查的情况下，贸然上马势成“一窝蜂”的石材项目，本就是一种冲动；在市场滑坡的情况下，片面追求规模效应，盲目增大投资造成损失；资金准备不足，专业人才缺乏，管理相对混乱，直接造成了成本的增长。最终，一场天灾成为压垮石材厂的最后一根稻草。

纵观莽山林管局建场前期近半个世纪的经济种养和办厂尝试，虽然最终结果差强人意，也因多方面的原因未能产生可观的经济效益，但产出的蔬菜瓜果以及猪牛羊肉等畜产品，在那个物资匮乏的年代，却实实在在地改善了职工的生活。从另一个角度来说，前事不忘，后事之师，这段时期的种种摸索，特别是那些上规模的投资，花出去的近几十年来，莽山林管局有条不紊地展开“林业起步，水电致富，旅游腾飞”的产业结构调整格局，一步一步踏上了新的时代征程。

周洁纯　摄

真金白银，换来的经验和教训为莽山后续的发展规划提供了一些有益借鉴，也为莽山林管局在选择发展方向时提前排除了错误答案，规避了可能发生的更大风险。

三

20世纪90年代中期，当时宜章县有位领导在一个非正式场合说了几个数据：到1981年，莽山248万立方米的森林蓄积量，砍得只剩114万立方米了。从1982年建立莽山自然保护区以来，着手改变单纯木材生产的局面，调整结构。经过十几年的努力，森林蓄积量回升到151.21万立方米，由过去年递减4.7万立方米转变为年净增6.8万立方米。

一降一升，也是莽山林管局曾经面临的阵痛、迷茫，还有决心。

正是在那位领导提到的1981年，一个严峻的问题摆在莽山林管局面前：经过二十余年的森工采伐，莽山林区的林木蓄积逐渐减少，可供采伐的资源日趋枯竭。

林场何去何从？这一紧迫的生存问题摆在了全体干部职工面前。

也就在这一年的林管局职工代表大会上，林场发展出路问题成为主要讨论议题。会上的讨论很激烈，各种情绪都有。最终的决定是——林木采伐已是暮途，只能逐步调整产业经济结构才有活路。

怎么调？往哪里调？靠山吃山没得吃了，那就靠水吃水：开发水电资源。

同年初，林场委托湖南省水利电力勘测设计院，对辖区实施了详细的水能资源调查。调查结果表明，所辖区域水能资源理论蕴藏量达29470千瓦，年理论发电量可达1.48亿千瓦时。其中最具潜能效益的为东部林区乐水河东源流域，可引用发电落差1400余米，最适合梯级电站的开发，可建5级9站，总装机容量近21000千瓦，年发电量可达1.03亿千瓦时。

1984年4月，历时三年的《乐水河东源水力资源开发总体规划》编制完成，随后又委托湖南省、郴州地区两级水利水电勘测设计院进行了施工技术设计。在这期间，林场9次邀请省水电厅、省林业厅、省农行等单位领导和有关技术人员到现场进行评估论证。

到1987年冬，莽山林管局水电工程全部设计完成。两年后，水电建设第一期工程全部完工。该阶段先期建设了1库、5级、7站、装机17台、总装机容量为17520千瓦的小水电工程。

这个"1库、5级、7站"的水电工程，莽山林管局前前后后投入超过了8000万元。

投入虽然巨大，但带来的收益却远远不止这8000万元。

1982年到1986年，初期建设的夹水电站与枞树坝老电站所生产的电能，只供局内生产、生活之用，未作效益统计。1986年6月，莽山林管局水电站开始并网售电，当年发电收入21.98万元，利润2.43万元。到2001年时，发电收入已攀升到1511.31万元，占全局总收入的89.8%；获利1057万元，占全局总利润的96%。短短15年间，水电收入增长了近70倍，利润更是增长了惊人的400多倍。

水电——已然成为莽山林管局最主要的经济来源。

发展水电的意义，不只是带来了源源不断的经济收益。

随着水电开发规划的逐一实施，电力收入占全局收入的比重不断提高。与此同时，木材采伐量逐年减少直至全面禁伐，而造林抚育资金逐年增加，使大片采伐地的林木得到迅速恢复。到2002年，莽山的森林覆盖率达99.01%，比1986年提高了15.01%。

自1999年水电开发完成后，莽山林管局每年向宜章县提供6000万至7000万千瓦时的电能，有力地支持了全县工农业生产和人民群众的生活用电。宜章县也因此成为全国第二批电气化县，林管局的水电工程功不可没。

林子坪水库建成后，不仅调节发电，在下游的东风、天塘、一六这3个乡镇的抗旱排涝和保水改田过程中也起到了有效作用，使3个乡镇每年增产稻谷7000余吨。此外，对下游乐水河畔十余座小水电站同样起到调节发电的作用。

高峡出平湖，无心插柳柳成荫。林子坪水库的建立，也给森林公园发展旅游增添了不一样的景观色彩。

莽山小水电技改项目获评国家奖项

莽山乐水一级电站（资料图）

林子坪水库（资料图）

位于青龙溪上游海拔1280米的河段上的林子坪水库，库容达1131.4万立方米，水域面积达68.46万平方米，是湖南省海拔最高的中型水库。这个来之不易的人工天池位于茫茫林海的峰峦之下，紧邻将军寨，上接泽子坪，湖岸竹木葱茏，湖边崇山峻岭，倒影层层叠叠，湖面水域如画屏明镜，湖内半岛宛如孔雀开屏。

在采用引水设施建筑方式时，为使园内原始生态少遭开挖破坏，采取了开凿地下隧洞引水为主的建设布局，从八宝山至茅庵凿洞长达11662米，占所有引水工程的89%，沿途山体很少见到开挖伤痕。引水渠洞共有41段，全穿梭于林涧峡谷之中，在悬崖峭壁上忽高忽低、时进时出，真可谓“十里暗流声不断，行人头上流水潺”。6条直径80厘米至140厘米的压力钢管，最长的530多米，最短的也有130多米，它们笔直地铺设在峭壁林荫之中，闪烁着乌黑的光芒，仿佛蛟龙伏于青山紫练之间。各发电厂房都建在崖檐底下的溪边，座座都掩映于深林峡谷中，昼夜水击轰隆隆、灯火灿灿明，展现了青绿染空风光媚、花迷隘路仙阁缀之景象。

水电的开发，也让莽山林管局有了探索多元发展之路的底气。

然而，在1989年水电建设第一期工程完工后，也面临一个尴尬处境：当时输电线路不配套，发电量上来了但有电输不出（俗称“窝电”），特别是到了丰水期，“窝电”现象更加严重。为了不让电力白白浪费，减少损失，林管局利用当地的木炭、硅石资源优势，投资149万元在坪坑兴建了铁合金厂，生产工业硅。

工业硅，又叫准金属硅，是一种高能耗产品，多供外贸出口，主要用于铝合金冶炼和电子元件产品的生产，在化学工业中也有运用，主要用于生产硅橡胶、硅树脂、硅油等有机硅。

1990年5月，功率为1800千瓦的工业硅冶炼1号炉正式建成投产。1993年，又投资220万元，建成功率为2500千瓦的工业硅冶炼2号炉，彻底解决了“窝电”现象，水能资源得到充分利用，无效电能变成有效电能，体现了首次经济效益；电能转变成工业品，使电价增值，体现了二次经济效益。1994年，在大好形势之下，林管局继续高歌猛进，引进广东乐昌一家五金矿产公司50万元资金，在铁合金厂范围内扩建560千瓦工业硅冶炼炉1台，对方自主经营，林管局负责电力供应。

1996年至2002年间，铁合金厂1号、2号炉先后租赁给湖南和广东的企业经营。

转折发生在1998年后。宜章电网因用电负荷增大，要求莽山林管局加大上网电量。为了不影响全县用电大局，林管局不得不对铁合金厂实行限电，导致年生产期由原来的五六个月下降到两三个月。

2003年9月，因污染问题日益突出，不符合环保要求，影响自然保护，存在了13年之久的铁合金厂走到了尽头。

在存续期间，铁合金厂累计生产工业硅12129吨，总产值近8000万元，上缴税金430万元，实现电力增值520万元，产品远销西欧和日本。这一开发项目为社会、国家，以及莽山林管局都带来了良好的效益。

但在自主生产经营以及后阶段对外租赁的过程中，铁合金厂暴露出一系列问题，如管理制度未能贯彻执行、对市场需求研制不周、对承租方制约不力等，给莽山林管局上了一堂堂深刻的市场教育课。

通过铁合金厂13年的运营，林管局初步窥到了市场经济环境下经济活动的若干规律。社会不断发展，作为市场主体，莽山林管局无可避免地将要进入市场这个竞技场。铁合金厂先后制定设备分级保养办法、职工奖惩和劳动管理规定、奖金分配方案、生产管理机制规定等管理方案，为日后转型的基础管理打下了良好基础。

1999年，我国开始全面实施天然林保护工作，莽山的天然阔叶林进入禁伐名单。

这历史性的决议一出，整个莽山林管局从上到下却一如既往地平静。

因为在此之前，莽山林管局未雨绸缪，早就讨论并制定了加快改革与发展的实施方案，确立了以营林为基础、以电力为龙头、以开发国家森林公园为重点的产业结构调整思路。利用莽山的资源优势，发展森林旅游和其他服务业，成为林管局下一阶段的努力方向。

从1999年开始，莽山林管局有条不紊地展开“林业起步，水电致富，旅游腾飞”的产业结构调整格局，踏上了新征程。

第三章

莽山水库◎钟山 摄

筑坝记

ZHU BA JI

莽山水库承载着宜章全县人民六十一年的期盼。

2019年3月6日，正月的最后一天，是传统二十四节气中的惊蛰。

惊雷响，万物生。

这一天，莽山水库工程下闸蓄水。

莽山水库正常蓄水位为395米，总库容1.33亿立方米，防洪库容0.24亿立方米，灌溉、供水及下游用水库容0.93亿立方米。下闸蓄水，意味着宜章南部地区31.2万亩农作物即将远离洪涝干旱的威胁，丰收在望。

下闸按钮启动，两扇底孔闸门缓缓关闭。时任宜章县水利局党组副书记、副局长的王科眼眶泛红，最终还是流下泪来。从30年前参与莽山水库建设前期工作到这一刻，他一辈子最灿烂的光阴都奉献给了这座几经波折，跨越了半个多世纪最终建成的水库。

莽山水库，见证了王科的最好年华，也承载着宜章全县人民61年的期盼。

一

莽山水库位于宜章县莽山瑶族乡和天塘镇境内，在珠江流域北江二级支流长乐水上游，是一座集防洪、灌溉、城镇供水与发电等综合效益于一体的大（2）型水利枢纽工程，也是全国172项重大水利工程、全国12个重大水利PPP模式试点项目之一，列入湖南省重点工程。拦水大坝最高处达101.3米，电站装机容量1.8万千瓦，项目总投资18.94亿元，于2015年5月开工建设。

这座水库，对湖南“南大门”宜章县来说，显得尤为必要且迫切。

宜章地势南北高，中部为丘岗盆地，相对高差大，雨源性河流多，水位易涨易落。复杂的地形地貌使得宜章降雨量年际变化大，年内分布不均，地区分布变幅大。其中，长乐水上游段山高坡陡，降雨量丰富，汇流速度快，多年平均降雨量达2399毫米；而中下游河谷渐宽，水流平缓，降雨偏少，栗源镇明星桥年降雨量为全省最低，仅有1228.6毫米。

建设一座能调节雨水的水库，是解决宜章南部地区洪涝灾害、干旱缺水问题唯一有效的工程措施，也是宜章百姓旱涝保收的希望所在。

然而，这座关乎宜章人民民生福祉的水库，从方案提出开始就历经曲折，项目迟迟不能落地。

20世纪50年代初，宜章县第一届人大代表提出建设莽山水库议案。

1958年，莽山水库建设拉开序幕，因国民经济调整压缩工程而停工停建。

1960年，湖南省水利电力厅委托水利电力部长沙勘测设计院编制了《莽山水库工程初步设计书》，因国民经济困难未能批准实施。

1973年，湖南省水利电力厅组织省水电勘测设计院对莽山水库工程重新进行勘测、规划，编制了《宜章县莽山灌区工程规划报告》，

邓加亮　摄

却因国民经济再次调整，工程再次搁置。

1993年3月，湖南省水利水电厅下发了关于《莽山水库工程可行性研究报告》的批复。

2002年，莽山水库列入全国水利发展“十五”规划。

2010年4月，国家水利部委托水规总院对《莽山水库工程项目建议书》进行了审查。

2011年4月，水利部向国家发改委发函，建议对莽山水库审批立项。同年7月，省发改委向国家发改委报送《关于要求审批莽山水库工程项目建议书的请示》。

2012年6月，国家投资项目评审中心在宜章对项目建议书进行现场踏勘及评估。同年12月，国家发改委对《项目建议书》进行了批复。

…………

2014年5月，国务院常务会议将莽山水库列入全国172项重大水利工程，并列入2015年开工建设的27项重大水利项目之一。

2015年2月，国家发改委批复了《关于湖南省莽山水库工程可行性研究报告》。4月下旬，水利部组织专家对《莽山水库工程初设报告》进行了评审并通过。

跨越五个历史时期，在一届届省、市、县领导的坚持和努力下，在59万宜章人民的殷切期盼中，莽山水库终于破土动工。2019年5月，莽山水库主体工程建设完成。

站在百米高的大坝上，王科眺望着长乐水下游，想起水库建成之前，每逢暴雨，下游两岸就要受淹的情景。莽山气候独特，尤其是到了雨季，暴雨、山洪时有发生。发源于莽山猛坑石的长乐水，涨水是正常不过的现象，遇到特大暴雨或者洪水，沿岸很多地方就要安排人员撤离。

1998年夏，特大洪水席卷长江、嫩江、松花江等江河流域地区，莽山大部分地区却发生特大旱灾。所有溪沟断流，共计23座水库干涸，2191座山塘干裂，造成14.5万亩水稻受损，8万余人、4万余头牲畜饮水困难。

2006年7月，受台风“碧利斯”影响，长乐水流域发生百年不遇的特大洪灾，造成8个乡镇16万人受灾，16.35万亩农作物受损，毁坏耕地6.93万亩，倒塌房屋5296间。此次洪灾还导致107国道万安寺段交通中断3天，坪石三星坪交通中断4天，并严重威胁京港澳高速、京广铁路通行安全，直接经济损失达10.38亿元。

这两次惨痛经历，宜章人民至今记忆犹新。

王科知道，那样的情况“以后再也不会出现了”。

1990年，22岁的王科从湖南省水利水电学校毕业后，被分配到宜章县水利局工作，学水利工程规划专业的他，就此开始了和水利打交道的一辈子。

身为宜章本地人，王科对宜章人民渴望的莽山水库建设有着深刻了解。1992年，搁置了20年的宜章水库工程再次启动，初出茅庐的王科便参与其中，用自己所学为水库前期建设贡献力量。如今，挂在莽山水库工程建设指挥部会议室墙上的莽山水库工程灌区总体分布图，其初稿就是他当年绘制的。

次年，湖南省水利水电厅对莽山水库工程可行性研究报告进行批复，因为种种客观原因，莽山水库建设再一次被搁置。

此后的二十余年间，宜章始终没有放弃对莽山水库的争取。修改规划，呼吁奔走。忆及往事，王科用了八个字概括：“屡战屡败，屡败屡战。”

直到2002年，莽山水库列入全国水利发展“十五”规划，可之后又陷入漫长的等待。

谁也没想到，莽山水库的转机竟然是在一场暴雨后出现的。

2006年“7·15”特大洪灾重创宜章，兴水利、除水害成为共识，各界要求莽山水库重新上马的呼声骤然高涨。宜章县委、县政府顺势作为，经过充分准备后，在2009年重新启动了莽山水库建设前期工作。

这一次，宜章县委、县政府在大会小会上多次强调“不求安逸求发展，勒紧裤带干水利”的态度，水库不成，绝不收兵。

前期工作紧锣密鼓地开展起来。

那年9月，宜章县成立了高规格的莽山水库建设前期工作领导小组，县委书记任顾问，县长任组长，从县水利局等相关部门抽调多名政治觉悟高、懂技术、经验丰富、协调公关能力强的工作人员组成工作班子。班子工作人员与原单位脱钩，专职从事莽山水库的前期工作。

也是从那个时候起，王科就没有再回水利局上班了。

为了确保这次啃下“硬骨头”，莽山水库建设前期工作各项具体工作的负责人全部选任本地干部，理由很简单，这必定会是一项长期的艰巨工作，外地的干部极有可能中途调走，对宜章人民盼了几十年的莽山水库的感情，相对来说不会过于深厚；而本地干部中途离开的可能性相对较小，更为重要的是，身为宜章人，对莽山水库的期盼从小根植于心，水库建成了，是为大家圆了梦；建不成，“怎么好意思面对家乡人民”。

即便一直以来从未停止过莽山水库的立项准备工作，但这次重启，前期程序更为繁杂，牵涉面更广，工作千头万绪，困难接

①	②
③	④
⑤	⑥

①右干渠南冲1#渡槽

②竹梓塘渡槽

③左干渠大枫山1#渡槽

④左干渠龙潭倒虹吸施工

⑤投入大型悬臂式隧洞掘进机加速建设

⑥右干渠明渠

莽山水库灌区骨干工程施工现场（资料图）

踵而来。

下乡查勘现场，归纳梳理材料，通宵熬夜加班，是王科和同事们的家常便饭。但只要吃得苦、坐得住、沉得下，工作总有完成的时候。唯有到上级部门走程序、办批文，让王科产生了有劲使不上的无力感。

长年累月在外挤火车、吃盒饭，对王科来说已司空见惯。莽山水库列入全国水利发展“十五”规划时，由中型水库转为大型水库，投资上十亿的水利工程，谁也不敢马虎，任何一个细节不到位都有可能打回重做。

从宜章到北京的车票，王科全都收集起来，最后装了满满一盒子。每次在北京停留的时间有长有短。有时候事情顺利，很快就回来了，有时候停留半个多月。最长的一次，他和几个同事在北京待了半年。方案通不过，他们想方设法修改；仍然通不过，继续找原因……

四五个月后，王科用尽了一切办法，始终未能解决问题，只好一边收拾行李，一边申请回宜章。县里的领导想都没想就拒绝了，“解决不了问题你们就不要回来了”。

虽是一句玩笑话，但王科和同事们笑不出来。几个人放下已经整理好一半的行李，拎着资料就出门了。

整整半年，王科和同事们不知吃了多少次闭门羹，受了多少次挫折，但最终还是顺利拿回了批文。

宜章人民半个世纪来对莽山水库的孜孜以求，县委、县政府大干水利的决心和干劲，感动了上级各部门和领导。有多位省领导高度重视和关心莽山水库的前期工作，前后几任省水利厅厅长多次到水库现场查勘，并亲自带队前往北京汇报莽山水库前期工作。来自高层的推动无疑起到了关键作用，加快了莽山水库的审批进度。

至于宜章县委书记、县长到国家发改委、水利部、湖南省委、省政府、省发改委、省水利厅等有关部门汇报水库工作、协调关系，更是成了常态。

整个宜章县从上至下，为了莽山水库这一功在当代、利在千秋的水利工程，全都行动起来了。

为确保莽山水库勘察设计、审批等各项工作顺利进行，县财政在财力非常紧张的情况下，每年财政预算2000万元专项资金用于莽山水库前期工作经费，力度之大前所未有。大力关停整治曾是县支柱产业的皮革厂、造纸厂等高污染企业，确保莽山水库环境影响评价能够通过，并从县财政安排3000万元用于关停企业产业转移补偿和治污升级。

2014年11月，莽山水库可行性研究报告通过了国家投资项目评审中心的评估。

2015年，莽山水库工程在国家发改委和水利部均获通过。

二

回顾莽山水库的建设历程，真正的曙光出现在2012年，当时莽山水库被列入全国重大水利PPP模式试点项目后。

PPP模式即政府和社会资本合作模式，政府通过特许经营权、合理定价、财政补贴等事先公开的收益约定规则，向社会资本开放基础设施建设和公共服务项目。

莽山水库是国内水利项目第一个试水PPP模式的工程，换句话说，就是没有现成的经验可以借鉴，一切都只能“摸着石头过河”。宜章县委、县政府面临的最大难题是引入社会资本后，如何构建“利益共享、风险共担、全程合作”的运行机制。

莽山水库具有极大的民生性和公益性，功能以防洪、灌溉为主，兼顾城镇供水与发电等综合利用，总库容1.33亿立方米，设计灌溉面积31.2万亩，初步预算总投资18.94亿元。

但是，在工程规划中，设计的城镇年平均供水量仅为2227万立方米，电站装机仅有1.8万千瓦，水库的社会效益显著，但经济效益较差。对这样一个投资额大、回报期长的项目，社会资本显然热情不高。

2013年1月，莽山水库项目进行法人招标，先后四次失败——有实力的不想来，来的实力又不够。

为了让莽山水库项目落地，宜章县委、县政府不得不在法律法规允许范围内，拿出更多的优惠政策，甚至动用真金白银吸引社会资本。

水库建设投资的回报主要来自发电、供水、灌溉三个方面，预期收益为5000万元。宜章县政府做出承诺，确保资方每年5000万元的收入，如供水、灌溉收入不足部分由县财政弥补。

“兜底式”的收益保障彻底打消了社会资本的顾虑。2014年9月，莽山水库第五次招投标启动，最终，由广东水电二局股份有限公司、深圳市金群园林实业发展有限公司、郴州市坤之源矿业有限公司组建而成的投标联合体拿下水库项目。

前后历经五个时期，先后五次招标，王科说：“挺好，十全十美嘛。”

2015年初，莽山水库开发建设有限公司成立。

当年3月，宜章县再次高规格成立莽山水库工程建设指挥部，县委书记任顾问，县长任指挥长。抽调自水利、国土、财政等部门的22

名精兵强将组建指挥部办公室，负责工程建设的监管、协调、纠纷处理和征地移民安置等工作。

为了高效解决工程建设中的困难和问题，及时筹措县级配套资金，指挥部办公室的调度频率极高：指挥部办公室每周调度一次，分管县委副书记或副县长每月调度一次，县委书记或县长每季调度一次。

宜章人民几十年的愿望即将实现，大家热情高涨。政府在各类宣传媒体、大小会议上大力宣传莽山水库的重要性，让莽山水库做到了真正意义上的家喻户晓、老幼皆知，民众对莽山水库建设的认知度和支持率相当高。

一时间，“人人为莽山水库出力，事事给莽山水库让路”的风气在整个宜章蔚然成风。

群众的大力拥护，使得莽山水库工程的环评工作特别是移民工作得以顺利进行。

水库建设共涉及移民安置近300户，1200余人。

莽山水库灌区骨干工程施工现场——杨柳塘渡槽（资料图）

让老百姓搬离世代居住的家园，哪怕移民安置点就在几公里外，一开始也是有人不理解甚至反对的。

怎么办？

宜章县政协副主席、莽山水库工程建设指挥部执行副指挥长张旭曦有办法——坚决走群众路线。

在2017年春节的前几天，张旭曦和几名工作人员带上米和菜，住进了几名执意不肯移民的百姓家里，和他们同吃同住，讲移民政策，谈发展计划，不打官腔，用一句句乡里土话，一点点融化了他们心中的抵触情绪，态度也逐渐缓和了。

要过年了，老百姓讲究把家里打扫干净辞旧迎新，几位机灵的工作人员又手脚麻利地帮主人家搞卫生，一起搬家具。

此情此景，就算顽石也要点头了。再说了，谁都想要在自己家里过个安乐团圆年，“搬了！等过完这个年我们一定搬。”

在移民过渡安置阶段，根据不同情况，对海拔在350米以下区域居住的移民采取了临时过渡安置措施，包括入住过渡安置房、投亲靠友、自主租房等方式。

捧出一颗真心，可以换来真情。

按照湖南省政府下发的禁止新建项目和禁止迁入人口的《禁建令》，莽山水库大坝周边均属于禁建范围。天塘镇菜子冲村下燕自然村一位姓钟的村民，几年前返乡开砂石场，赶上房地产行业飞速发展，生意做得很红火。他的砂石场正好位于水库大坝下。

看到《禁建令》后，他没提任何要求，主动拆除了采砂设备。有人说他傻，他头一昂，胸脯一拍，说，水库事大，砂石场事小，“何况我是共产党员，能不起带头作用吗？”

搬进移民安置点的村民，他们的田地成了库区，以后靠什么生活？

莽山水库移民新村（天塘镇菜子冲村）©刘国军　摄

“搬得出、稳得住、能致富”是妥善安置移民的九字真言。

为了让乡亲们“富在家门口”，移民安置点一楼大多为商铺，二楼用来自住或者开办民宿。莽山旅游方兴未艾，无论是销售当地的土特产还是开民宿，客源是不用愁的。

而且，住进安置点后，大家很快就发现，跟原来比起来，新家位置更好，离镇上更近，无论是出门办事，还是上学、就医，“比之前好太多了”。

莽山水库周边的村民也早已办起了农家乐，做起了休闲农业与乡村旅游，腰包一天天鼓起来。就连昔日堆在家中都嫌占地方的干笋、

莽山水库移民新村（莽山瑶族乡三合村）◎刘付火炬 摄

蕨、花生等山货，随着莽山旅游的火热，也成了抢手货。

水库枢纽工程建设也在同步紧锣密鼓地开工。

时间紧，任务重。为确保各级各部门密切配合、整体推进，必须实行任务倒逼机制，要求责任单位按督办卡所明确的工作要求和时间节点落实到位，督促单位“一把手”亲力亲为、全力以赴完成所分配的工作任务。

逢山开路，遇水搭桥。责任面前，“你干不好就让别人干”，没有人敢懈怠，也没有人会懈怠。毕竟，不仅仅是领导，全宜章人民都在关注着莽山水库的进展。

水库工地上，施工人员最多时有300多人。大家心往一处想，力往一处使，机器轰鸣声响彻山谷，劳动号子声似乎要震破天。

建水库，水泥至关重要。为了选择质量过硬的水泥，指挥部带领设计、监理等单位负责人，先后考察了10家水泥厂才最终选定，水泥厂家确定后，又调度施工单位广东水电二局莽山水库项目部开展碾压混凝土配合比实验攻关。

2017年5月26日，莽山水库大坝首仓碾压混凝土正式浇筑施工。

碾压混凝土施工工艺对环境温度要求高，但库区昼夜温差大、雨水多，十分不利于施工。

然而，办法总比困难多：夏天高温，采取遮阳网、喷雾、散热水管等办法减轻太阳辐射和降低环境温度。到了冬天，则覆盖保温被进行升温。

为确保副坝（土坝）建设进度，施工中采取了剥离表层湿度

莽山水库航拍图©邓加亮 摄

① ②
③

①莽山水库◎曾散　摄
②绿水青山就是金山银山◎刘国军　摄
③莽山水库下游◎何满力　摄

不达标土层、深挖取土等方式。

难题，一个又一个被攻克。

最终，工程建设进度比合同进度提前了两个月。原定于2019年7月坝后电站并网发电，但实际上5月18日莽山水库坝后电站首台水轮发电机组就实现了并网试运行。

水，电，是莽山水库建成后社会效益和经济效益的统一体现。

莽山水库每年可为周边城镇提供饮用水2227万立方米，年均发电量约为0.448亿千瓦时。目前，水库周边临武县的一些乡镇即将用上来自莽山水库的放心水。

莽山水库供水工程建成后，当时有一组统计数据：宜章县2019年农村自来水普及率可达92.54%，规模化工程供水人口覆盖比率50.45%。

到今天，水库枢纽工程已正常运行4年时间，防洪效益显著，大幅降低了莽山下游长乐水流域的洪涝旱灾损失。

莽山水库灌区骨干工程分为左右干渠及5条主要支渠，共计9个单位工程。截至2023年6月30日，总体进度超过80%，已可通水17.46公里，可解决灌溉面积9.85万亩。根据湖南省水利厅对莽山水库灌区骨干工程建设下达的目标任务，在2023年9月底前将完成主体工程建设。

第四章

周洁纯 摄

异蛇记

YI SHE JI

它的价值可与熊猫相比，实属国宝。

大多数人对莽山的最初印象，并非这里的山高、崖险、峰雄、石奇等奇特而又壮观的风景。至于五指峰、“太空电梯”，更是近年来才开始走进公众视野。莽山最早为世人熟知，是因为一条蛇——莽山烙铁头蛇。

莽山烙铁头蛇的学名为莽山原矛头蝮。原矛头蝮蛇是一个蛇类名称，因头呈三角形，形状类似古代冷兵器中的矛而命名。它分布十分广泛，在中国长江以南大部分省区均有分布，南岭地区尤为常见。除中国以外，印度、孟加拉国、缅甸、越南、老挝也有分布。

但莽山原矛头蝮，世界只有中国有，中国只有莽山有。

莽山原矛头蝮（学名：Protobothrops mangshanensis）俗名莽山烙铁头，属于蝰科蝮亚科原矛头蝮属的一种中大型头侧具有颊窝的管牙类毒蛇。成体全长可达2米以上。头大，呈三角形，与颈部区分明显，吻端钝圆。头披小鳞，平滑无棱。头体背面具草绿色与橄榄绿相杂形成的迷彩样花纹，尾后半段淡绿色或几近白色。背鳞25-25-17行，除中段最外行平滑外，其余均具棱。

栖息于山区丛林，以小型哺乳动物和鸟类为食，卵生，是中国特有物种。主要分布于湖南、广东两省。模式产地在中国湖南省宜章县平坑区莽山。

该蛇被列入中国《国家重点保护野生动物名录》一级和《世界自

然保护联盟濒危物种红色名录》——濒危（EN）。由于数量稀少，被誉为“蛇中大熊猫”。

这短短两百多个字背后，是陈远辉大半辈子的人生。

二

陈远辉到莽山之前，履历很简单。

1949年出生于广东省罗定市双东镇龙凤村；1968年从郴州卫校毕业后，分配到湖南省桂东县的一所乡卫生所；1977年调往郴州地区蛇伤防治研究所，开始从事蛇药研究。

桂东是革命老区，地处罗霄山脉中断，地形多山，全县800米以上的山峰就有558座，占到境内全部山峰的97%以上。在桂东9年的工作经历，让陈远辉打下了坚实的中草药基础。

在郴州地区蛇伤防治研究所，陈远辉参与研制“郴州蛇药”。1978年，“郴州蛇药”获得全国医学科学大会奖。然而好景不长，1982年，蛇伤防治研究所因故解散，组建新的郴州地区医药科研所。

按照安排，陈远辉将改行做肿瘤研究。为了让他安心留在新成立的科研所，组织上决定把他的妻子王银玲从莽山林区调来本单位，甚至连工作岗位都已经安排好了。

即使这样，陈远辉仍是按捺不住离开的冲动。

在蛇伤防治研究所的这5年，陈远辉终日与蛇和蛇伤病人打交道，对研究蛇药的兴趣与日俱增。要配制出有效的蛇药，就必须先了解蛇。对于这种寻常人退避三尺的动物，他却越研究越上瘾。

陈远辉和蛇的缘分，就这么不知不觉在冥冥之中定下来了。或许那时的他也没想到，他就这样开始了与蛇共舞的一辈子。

在研究蛇药和蛇伤的过程中，陈远辉诊治蛇伤的本领越来越高，许多令其他医生束手无策的蛇伤病患，经过他的救治往往可以起死回生。

有一次，永兴一家医院打来电话求助，有个蛇伤病人怎么也治不好。等陈远辉风尘仆仆赶到永兴，正好看到哭哭啼啼的病人家属把病人抬上担架。上前一问，才知道病人连血压都测不到了，处于濒死状态，家属已放弃治疗，正准备运回家料理后事。陈远辉围着担架上的病人看了看，心里有了底，但也不能讲得太过武断，于是跟家属商量，“再抢救一下”。

家属垂着泪，不赞成也没拒绝，却仍是收拾东西准备回家。

最后还是一句“回去肯定死，不如死马当活马医”，又把病人拉回了病房。

陈远辉第一件事就是停了医院之前用的药，准备用自己带过去的蛇药。这下，病人的主治医生不干了，马上过来质问。陈远辉再解释，主治医生也听不进去，眼见说不过陈远辉，就摆起了老资格。

刚过30岁的陈远辉，正是“嘴上无毛，办事不牢”的年纪，什么也反驳不了，只能噙着眼泪继续坚持着要用自己带来的药。

最后，病人家属选择相信陈远辉。他们想得很简单，既然医院已经治不好，那就只能换个人试一试。

陈远辉接手病人后，只提了一个条件：后续的所有治疗必须经过自己同意后才能进行。院方最终还是点了头。

守了整整四天五夜之后，病人这才脱离了危险，也保住了肢体，高高兴兴、完完整整地出了院。

还有一名嘉禾的蛇伤患者，被五步蛇咬伤后送院治疗，当地医院无力医治，只能向蛇伤防治研究所求援。那时交通不便，又没有手机，当陈远辉赶到时，已经是下午6点多，晚到了两个小时。家属以为市里的医生不会来了，农村人更讲究叶落归根，就算断气也要在自己家里，已经叫来拖拉机，准备把只剩一口气的病人拉回家。

陈远辉来不及表示歉意，尴尬一笑，打开药箱开始诊治。

第二天，病人悠悠转醒，回过神后第一件事，就是看了看自己被蛇咬伤的脚还在。

病人出院后，家属坚持把陈远辉请到家中，特意杀了头猪款待。在当地，这是最高的待客礼节。

治疗蛇伤，陈远辉已有了自己的一套心得。看到病人在自己的治疗下转危为安，还能保全肢体，他的心中会涌上自豪感、成就感和满足感，觉得世间最大的快乐莫过于此。

再说，自己最高学历只是中专，科研所里学历更高、学问更好的专家学者大有人在，去了也只是个垫底的存在。年轻的陈远辉心高气傲，宁为鸡首，不为凤尾。

但是，不留在科研所，还能去哪呢？在做决定的那段日子里，陈远辉天天都要做思想斗争。他觉得，这比研究蛇药、治疗蛇伤病人难多了。

在一次机缘巧合的情况下有人建议他“往南走”，于是，这三个字，在他心里掀起了波澜。南方，南方是哪里呢？当时说起南方，所有人第一个想到的便是深圳。但比起郴州，深圳的人才更多、门槛更高，陈远辉没有勇气去。

那就选择郴州的最南方——莽山吧。正好妻子也在莽山，一家团聚了。

1983年1月1日，元旦伊始，万象更新。陈远辉前往莽山林管局职工医院报到。

邓加亮 摄

二

1984年10月的一天，一阵急速的敲门声把陈远辉从睡梦中惊醒。他习惯性地抬头看了看墙上的挂钟，已是凌晨3点。

“陈医师！陈医师……”门外的声音愈发急切，声调也更高了。

这个时间来敲门的，只能是危重病人。

不出所料，一位肖姓林场工人下午上山砍竹子时，手背被一条大蛇咬伤。由于山区交通不便，事发地和职工医院之间隔着一二十公里路程，送到医院时已经奄奄一息。

陈远辉火速赶到医院，仔细检查病人。病人被蛇咬伤的左手手背又肿又硬，按压时有明显痛感且扩散到左肩和左胸部位，皮肤出现大面积紫色瘀斑。被咬处有三个呈倒三角的毒牙痕，量一下牙痕间距，竟然有两三厘米长。伤口处不断有带黄色的血水渗出。

根据诊治蛇伤的经验，陈远辉自言自语，难道是五步蛇咬伤的？

把病人送到医院的那几个人马上摇头，肯定不是五步蛇，五步蛇他们认识。

判断蛇的种类是开展治疗的前提，陈远辉短暂地陷入了思考。在莽山林区工作的人，基本都是认识五步蛇的，而且五步蛇很好辨认，蛇身黄褐色，脑袋“正看四方形，侧看三角形”。

不是五步蛇，那是被什么蛇咬伤的？

这时，躺在担架上的病人半睁着眼，有气无力地开口说，不是五步蛇。

“你看清咬你的是什么蛇了吗？”陈远辉连忙问，然后低下头把耳朵靠过去，听他断断续续地说：“不是五步蛇。咬我的蛇有七八斤重，脑袋是三角形，很粗壮，中间部位有啤酒瓶那么粗，身上是草绿色，尾巴是白色的。”

陈远辉也有些迷糊了。

首先排除五步蛇。竹叶青虽然是草绿色，但个体不大，尾巴是焦红色，也能排除。烙铁头、菜花烙铁头脑袋是三角形，但蛇身只有成人大拇指粗细，蛇身黄褐色，也排除了。

他忽然一震，这样距离的毒牙痕宽度，还有粗壮的蛇身，让他想到一个可能——莫非是眼镜王蛇？然而他马上又否定了。眼镜王蛇毒是以神经毒为主的混合毒，人被咬很少会出现血流不止的情况，而且毒性高，被咬的人一两个小时就会倒下，死亡率高。

尾巴是白色，会是什么蛇呢？

时间太紧迫，由不得陈远辉继续思考下去。他只好照着此前在蛇伤研究所的积累，还有治愈数百例毒蛇咬伤的临床经验开始下药。

治愈这个被不知名毒蛇咬伤的病人，陈远辉使出浑身解数，也用了无数特效蛇药和祖传秘方，足足花了一个多月。

病人出院了，陈远辉却一直惦记着那条长着白色尾巴的大蛇。当时国内有记载的毒蛇共49种，治疗期间，他查遍了手头积累的资料，也没找到任何相关的线索。一个大胆奇怪的想法蹦了出来——这难道是一种从来没被记载过的新蛇种？

他越想越觉得有可能。

莽山，传说以前是大蟒蛇的天下，故名叫“蟒山”，后来觉得“蟒”字太吓人，就去“虫”留“莽”，“蟒山”变成了“莽山”。莽山自古以来是瑶族聚居地，以龙和蛇为图腾。当地瑶人历来流传着似龙非龙、似蛇非蛇的“小青龙”的传说。而传说中的“小青龙”，正是长着一条白色的尾巴！并且历代都有传言，有人亲眼见过长着白

①莽山烙铁头蛇◎刘付火炬 摄

②③④莽山烙铁头蛇◎陈远辉 摄

尾巴的“小青龙”，或称之为“头蛇”“罕蛇”。

陈远辉兴奋地想着。只要看到传说的“小青龙”，一切谜底都会揭开。

从这以后，他开始利用工作之余翻山越岭，下工区、进瑶寨，苦苦找寻和调查跟“小青龙”相关的一切信息。

真正看到“小青龙”，已经是5年后了。

1989年10月14日，陈远辉从郴州出差回莽山，在公共汽车上无意中听到坐在身后的乘客聊起“罕蛇”。他精神为之一振，侧着耳朵听他们交谈起来。听了几句后，他突然心跳加快起来——莽山有人捉住了两条大“罕蛇”，同时还有21条小“罕蛇”，正等着蛇贩子上门去收。

陈远辉强忍着心头的振奋，扭过头与后面的人攀谈起来。这几年来，他得到过好几次某人某地抓获“罕蛇”的消息，但每次都晚了一步，赶到时蛇已经被卖到了外地。这一次，他有一种强烈的预感，找了5年的“小青龙”终于要出现在眼前了。

下了车，陈远辉连行李都来不及放下，就直奔打听到的地点。

说明来意后，对方爽快地答应让他看看“白尾怪蛇”。虽然1984年莽山已被划为省级自然保护区，但在当时民众环保意识淡薄、社会法制也不健全的大环境下，抓捕野生动物仍然比较常见。陈远辉以治疗蛇伤远近闻名，乡亲们都知道他有收集蛇类标本的爱好，也清楚他在全国蛇伤界有很多熟人，所以不少人抓了蛇后会来告诉他，希望通过他能联系到大买主，把蛇卖个好价钱。

当一只铁笼子从杂屋里抬出，放在屋前的草坪上时，陈远辉的心跳得更厉害了。他使劲揉了揉眼睛，看清了笼子里装着的两条草绿色大毒蛇——正是他日思夜想，苦苦追踪了5年之久的“小青龙”。

陈远辉相关资料图

周洁纯 摄

他围着笼子，睁大眼睛仔细观察着这两条大蛇，在脑海里和自己掌握的当时中国蛇类名录上记载的所有毒蛇一一对照后，再一次确认：这极有可能是我国生物界从未发现、从未记载过的新蛇种！

拿出随身带着的照相机，陈远辉一口气拍完了一个胶卷，从各个角度把两条大蛇拍了个遍。在现场几个年轻小伙的帮助下，将两条大蛇从笼子里放出来，他记录下两条大蛇更为详细的重要数据和特征。

陈远辉反反复复地叮嘱抓蛇的人，这很有可能是个新发现，将马上去请权威专家鉴定，同时请他们不要随随便便就把蛇卖了，更不能杀掉吃了。在得到对方“就算卖掉也会先通知你，优先卖给你”的承诺后，他这才一步三回头地离开。

下山后，陈远辉第一时间把胶卷冲洗出来。一部分是彩色照片，更多的是黑白照片。他带着照片去请教相关的专家学者，但几乎没有一个人相信他。

陈远辉没有气馁。查阅了所能接触到的资料后，他的信心里更加坚定了。既然这些专家不相信，那就再去求助那些名气更大、专业更强的业内专家。他把洗出来的照片和整理的相关数据分成几十份寄了出去，其中就有中国科学院成都生物研究所副所长、著名两栖爬行动物专家赵尔宓先生。

在等待回音的同时，陈远辉为了扩大影响，希望引起更多人的关注和重视，几经周折，终于在郴州与新闻媒体取得了联系。莽山发现白尾怪蛇疑似新蛇种的消息，当即引起了媒体的注意。

第二天，湖南电视台郴州站的记者驱车赶到莽山进行拍摄。半个月时间内，湖南日报、郴州电视台、湖南电视台等媒体相继报道了莽山捕获罕见大怪蛇的新闻节目。

11月17日晚，莽山怪蛇的新闻上了中央电视台《新闻联播》。

中央电视台对莽山烙铁头蛇多次进行专题报道（视频截图）

这天晚上，距离莽山1400多公里外的四川成都，赵尔宓先生吃完晚饭后，正一边洗脸，一边打开电视看新闻联播。收看央视新闻是赵尔宓多年养成的雷打不动的习惯。

洗完脸，拧干毛巾时，他抬头一看，正好看到电视画面里闪出绿色的大毒蛇。

“在湖南省的莽山自然保护区发现一种罕见的大型剧毒蛇……”

这条新闻播了一分多钟，赵尔宓目不转睛地看了一分多钟，连毛巾上的水流到了地板上也没发现。新闻一播完，他把毛巾往脸盆里一扔，手在衣服上胡乱擦了擦，赶紧拿起笔记下了“湖南宜章莽山”几个字。

赵尔宓是国内两栖爬行动物研究的权威，鉴定过许多蛇种，对国外的蛇类也是如数家珍，但电视里的这两条怪蛇，他却完全没有印象。他意识到，这极有可能又是一项国内蛇种的空白。

20世纪80年代末，通讯还不发达，赵尔宓急切地想联系到两条大蛇的发现者，当即提笔给湖南电视台写信，打听发现者的联系方式。碰巧的是，信还没发出，陈远辉寄过去的邮政快件就到了。

赵尔宓喜出望外。当时莽山还没有电话机，他立即给陈远辉发了封加急电报：此蛇有重大科研价值，务必把蛇的活体标本尽力保留。同时，又给陈远辉发了快件，详细交代了蛇的保管方法和标本制作方法。

收到快件的陈远辉终于松了口气。但究竟是不是新蛇种，现在谁也不敢百分百地确定，陈远辉动了带着蛇找赵尔宓当面鉴定的心思。

几天后，陈远辉又接到了赵尔宓的信件。赵尔宓在信中称，需尽快将标本送到成都进行鉴定，并承诺一旦鉴定为新蛇种，将以两人的名义共同发表新种论文。

陈远辉将两条小蛇分别装入两个吊针瓶，放在垫着棉花的塑料桶里，于1989年12月3日凌晨1点挤上了从郴州开往成都的列车。

三个月后，等到全国人大代表赵尔宓从北京参会回来，陈远辉又把一死一活两条大蛇装入木笼中，千里迢迢送到成都。

在此前追踪神秘白尾怪蛇的几年时间里，交通、宣传、沟通上的各种花费已让陈远辉不堪重负，加上后来收集资料、制作标本，他前前后后已花费数千元。靠微薄工资养活一家人本就不易，自费搞蛇类研究更是让家庭开支入不敷出了。尤其是第二次送往成都的两条大蛇，是陈远辉和捕蛇人一番讨价还价之后，挪用妻子积攒许久用来添置冰箱的四百块钱购买而来。为了这事，陈远辉在客厅睡了半个月沙发。

陈远辉是一名医生，研究蛇已算“不务正业”了，风言风语就少不了，阻力更是常有，幸亏林管局不少干部职工给了他莫大帮助。时任莽山林管局局长尹朝旺眼光超前，力排众议，在全员勒紧裤腰带上水电项目、资金紧张的情况下，拨出经费给了他宝贵支持；医院职工去山里抓了蛙无偿送来让他喂养大蛇；局里纤维板厂的领导也送来了做蛇笼需要的铁丝网；医院院长给他调出了十天轮休假……

带着毒蛇上火车也让他吃尽了苦头。尤其是第一次去成都，陈远辉没有买到硬座票，一路上小心翼翼地护着脚下桶里的两条小蛇，既怕被小偷盗走，又怕瓶子被挤碎毒蛇跑出伤人，硬是站了20多个小时水米未进，还要跟各种稽查“斗智斗勇”。站到怀化后实在熬不住了，才跟前来巡车的列车长说明情况，苦苦哀求之后，实在拿他没办法的列车长心软了，破例给他在满员的卧铺车厢找了个地方。

经过两次仔细研究和鉴定，赵尔宓已十分肯定这是一个蝰科蝮亚科烙铁头属中从未记载过的新种。

1989年9月上旬，湖南省郴州地区莽山林管局职工，在莽山自然保护区夹水河谷发现一窝幼蛇，共21条，捕捉时，又发现成年蛇2条，将其全部捉回饲养。在莽山林管局领导的支持下，该局职工医院陈远辉同志，于12月初，将其中2条幼蛇送来成都鉴定。经研究，确定是蝰科蝮亚科烙铁头属、未经记载的一个新种，命名为莽山烙铁头蛇。

1990年，赵尔宓和陈远辉联合署名的论文《烙铁头蛇属一新种——莽山烙铁头蛇》，在《四川动物》当年第1期第9卷正式发表。从此，莽山独有的白尾怪蛇“小青龙”在生物界有了正式名称——莽山烙铁头蛇。莽山瑶族人民世代相传的“小青龙”的神秘面纱终于揭开了。作为最早的发现者，陈远辉的名字注定要载入世界蛇类研究史。

三

莽山烙铁头蛇成为中国记载的第50种毒蛇，也是已知毒蛇类中体型最大的蛇种。

陈远辉的心愿终于达成了。但随之而来的问题也令他万万没有想到。

对于这一新蛇种，当专家们在争论是“先研究再保护”还是“先保护再研究”时，莽山原始森林中的烙铁头蛇却几乎迎来了灭顶之灾。

在被确定为新蛇种之前，被称为“罕蛇”的莽山烙铁头蛇虽然数量少，但时不时都有被捕食的消息传出，甚至传言有人抓到过一条重达31斤的“罕蛇”。

“罕蛇”逐渐引起了有关部门重视，特别是被鉴定为新蛇种后，更是身价暴涨，捕杀盗卖行为日益严重，不断有盗猎者抓获莽山烙铁头蛇后或自食，或贩卖到广东等地。还有部分莽山烙铁头蛇通过走私流入国外的动物园和研究机构。坊间传闻，莽山烙铁头蛇的黑市价格高达百万一条。

陈远辉的内心五味杂陈。当“罕蛇”养在深山无人识时，他急切地、历尽千辛万苦为它们证明身份，证明一个新种群的存在。他也曾深思过，从另一个角度来说，大白于天下的莽山烙铁头蛇，在利益的驱使之下一天天稀少，是否也与他的奔走宣传脱不了干系？

面对猖獗的盗猎现象，他虽然心忧如焚，却束手无策。盗猎者和蛇贩子知道他研究蛇、喜欢蛇，纷纷找上门来。但收入微薄的他，面对不断走高的价格，纵使偶尔收得一两条蛇，但更多的时候则是有心无力。

他不断找相关领导部门反映情况，阐明新种的科研价值。然而，在当时的大环境下，人微言轻的他一切努力都是徒劳。即便是1994年莽山已升级为国家级自然保护区，但也无力下拨专门的保护经费。

吃了多少闭门羹，挨了多少白眼和嘲讽，受了多少威胁和恐吓，只有陈远辉自己知道。

无奈之下，他只得又一次求助那些了解莽山烙铁头蛇价值的专家。

好在众多有识之士参与到了保护莽山烙铁头蛇的行动中来。除了之前鉴定蛇种的赵尔宓先生外，还有暨南大学生物系著名两栖类爬行动物研究专家劳伯勋教授、湖南师范大学生物系沈猷慧教授等人，通过各种途径呼吁保护莽山烙铁头蛇。

赵尔宓是第七届、第八届全国人大代表，他在全国人大会上提交议案，极力主张保护莽山烙铁头蛇，使得莽山烙铁头蛇被列入国务院发布的《中国生物多样性保护行动计划》中一级优先保护的生物种，

1997年10月，中国科学院院士、两栖爬行动物专家赵尔宓（中）在莽山自然保护区考察，左为陈远辉（资料图）

陈远辉（左）和中国科学院院士、两栖爬行动物专家赵尔宓在一起（资料图）

纳入国际组织（IUCN）备案保护对象。在国家林业局发布的“中国11种比大熊猫还濒危、急需拯救保护的野生动物”名单中，莽山烙铁头蛇位居第10位。

1994年，赵尔宓向国家和湖南省有关部门去函，呼吁做好莽山烙铁头蛇的保护工作。全文如下：

赵尔宓教授关于重点保护好珍稀蛇种“莽山烙铁头蛇”的意见书

郴州地区莽山林业管理局职工医院陈远辉同志近年以来，利用业余时间搜集管区内蛇类，取得了很好的成绩，不但种类丰富，而且发现了许多有价值的资料。结合我们过去在莽山调查蛙类、蛇类等两栖爬行动物所得结果综合分析，可以看出莽山在动物分布上是一个很有研究价值的地区。如果进一步深入考察，必然会有更多更重要的发

2008年，首届莽山烙铁头蛇保护工程研讨会在莽山召开（资料图）

赵尔宓院士在首届莽山烙铁头蛇保护工程研讨会上讲话（资料图）

现。这与莽山地处北亚热带与北温带之间，又是被国际上认为可能是动物地理区划上东洋界与古北界分界线的南岭山系的一部分这一特殊地理位置分不开的。

当然，莽山的重要性并不是只因为有种类丰富而特殊的两栖与爬行动物。我相信这一地区的其他动物，如鸟、兽、鱼、昆虫，以及植物等也是非常丰富而特殊的。前不久，莽山被划为国家级自然保护区是非常英明正确的重要决定。应该肯定，莽山是湖南省，也是全国乃至全世界的一块自然资源的宝地！

莽山所产蛇类中，特别值得一提的是以莽山命名的一种剧毒蛇——莽山烙铁头蛇（Ermia mangshanensis）。此蛇最先由陈远辉同志发现，他很重视对国家野生动物的研究与保护，立即亲自送到成都给我研究。经我研究，确定它是国际学术界还不曾被发现过的一个新种，将它命名为莽山烙铁头蛇，暂隶于Trimeresurus属，但它在此属中非常特殊，体型巨大。后经我的学生，成都生物所副研究员张服基详加解剖比较，确证了它在蛇类演化中的特殊地位，于1992年7月在黄山（安徽）公开的国际学术会议上提出报告，以它为模式种，另建新属莽山烙铁头属（Ermia），本属只有莽山烙铁头蛇一种。张服基的文章发表于1993年出版的《中国黄山国际两栖爬行动物学学术会议论文集》上。

目前，莽山烙铁头蛇作为模式标本保存供学术界视为珍藏的，只有陈远辉同志提供的一条成年蛇（另一条捕到后已腐烂）和少数幼蛇。可是据说近两年被非法捕捉宰杀或销售到广东的就有好几条。岂不可惜！此蛇由于数量少，我国学者尚来不及深入研究（张服基教授仅能研究那条腐烂的标本），如流失到境外，实不应该。再说，此蛇目前仅知产于莽山，分布区窄，数量不多，加以体躯大，目标显著，很容易被“斩尽杀绝”。果真如此，使这一有重要研究价值的物种绝灭，更令人痛心！

陈远辉同志呼吁加强保护，实为必要。前年我也曾在北京召开的有关会议上提出建议列为保护动物，我也向世界自然与自然资源保护联盟要求备案保护。由于莽山地处宜章县境，属郴州地区管辖，并隶属湖南省。因此恳切希望宜章县、郴州地区与湖南省各级政府及林业部门重视陈远辉同志的呼吁，给予重视与支持。我也亟愿为此事尽力。

保护好莽山烙铁头蛇也就是保护好莽山国家级自然保护区。它是湖南省、郴州地区及宜章县的骄傲，也是我们全国人民的骄傲！！

赵尔宓敬启
一九九四年九月二十四日于成都

1995年6月，莽山林管局争取到以宜章县人民政府名义发布的关于重点保护莽山烙铁头蛇的通告，正面阐述了“它的价值可与熊猫相比，实属国宝”，明确规定“严禁任何人进入莽山地区非法捕捉、宰食、收购、运输、倒卖莽山烙铁蛇及其它各类蛇种”。

此后，随着各种针对莽山烙铁头蛇的保护措施和法规相继出台，公众保护野生动物意识逐渐增强，“蛇中熊猫”“超级国宝”莽山烙铁头蛇也慢慢回归了以前的平静生活。

但无论如何，直到今天，在世界范围内莽山烙铁头蛇存量仅为300～500条已是不争的事实。

四

陈远辉和莽山烙铁头蛇，相互成就了彼此。没有陈远辉，莽山原始森林里的“罕蛇”或许会在一天天流逝的时间里，或被端上餐桌，或丧生于山民棍棒之下，最后悄无声息地从地球上永远消失，就像从来没有出现过。没有莽山烙铁头蛇，陈远辉可能一辈子都在偏远的医院行医，闲暇时间都用来研究蛇和蛇药；每到毒蛇活跃的时节，经常在三更半夜被人敲开房门请去治疗蛇伤病人。

莽山烙铁头蛇的数量和分布，在陈远辉心里有一幅精确的地图。在完成命名的那时起，他就有一个大胆的想法，既然数量这么少，能否用人工养殖的方式扩充这个蛇群的体量呢？

从20世纪90年代中期起，陈远辉开始人工饲养莽山烙铁头蛇。一个医生研究蛇，自然没有专项科研经费，也就建不起专门的实验室。把剧毒的蛇安置在哪里，陈远辉想了无数办法都觉得不可行，最后只好在自家后院建了一个养蛇池。

1994年9月，陈远辉首次人工孵化出莽山烙铁头幼蛇5条。

在巨大利益的驱使下，莽山上的盗猎现象屡禁不止，就连陈远辉养在家里的蛇，也被人盯上了。1997年9月，一个蛇贩子趁夜摸黑翻进后院，偷走了一条5公斤多的莽山烙铁头蛇。从那以后，陈远辉就把蛇转移到家里的客厅和女儿的房间里。莽山烙铁头蛇粪便特别腥臭，就算他打扫得再干净，但屋子里依然残留着挥之不去的恶心气味。更何况，妻子王银玲十分怕蛇，对此无比反对，甚至以离婚相威胁，但最终还是拗不过一根筋的丈夫。

2000年7月的一天，陈远辉一边和来访的客人聊着天，一边习惯性地从客厅沙发下拿出登山鞋准备换上出门。右脚刚踩进鞋内，就感觉到软绵绵、滑溜溜的不对劲，他猛然一惊，火速把脚从鞋子里抽出来。朝鞋内一看，不由得惊喜交加——惊的是一条小莽山烙铁头蛇正在鞋内晃着脑袋，嘶嘶地吐着信子；喜的是他人工孵化试验又一次成功了。

陈远辉来不及穿鞋，赤着脚飞跑到客厅门后，把藏在角落的铁桶提了出来，移开上面盖着的松针，就看见6条小蛇正在桶里摇头晃脑吐着信子。他数了数，29枚莽山烙铁头蛇卵已经空了23枚，还有6颗“寡蛋”。这意味着，已成功孵化出23条小蛇。

但他的心也随之一沉——桶里有6条小蛇，再加上钻进他鞋里的那条，还有16条小蛇去哪了？

他赶紧在客厅里翻箱倒柜找了起来。不多时，一条条小蛇陆陆续续被他从沙发下、柜子下、屋角、桌椅下、鞋内等多处地方找了出来。屋里的客人只看得头皮发麻、肝胆欲裂，却又一动不敢动。恰好这时，又有几位客人相约前来看他饲养的莽山烙铁头蛇，见此情景吓得连门都不敢进，站在远处看他满屋子找蛇。

王银玲连忙跑过来了，一边数落，一边帮丈夫找蛇。这几年来，她渐渐克服了对蛇的恐惧，甚至还当上了贤内助，陈远辉给蛇喂食时，她敢一把抓住粗壮的莽山烙铁头蛇。

忙活了好半天，夫妻俩才把23条小蛇全部找齐，仔细清点了好几遍，确认无误后这才松了口气。但客人们说什么也不敢再进屋了，谁知道一屁股坐下后，又会从哪里冒出蛇来呢？

从1999年到2001年的三年时间里，陈远辉连续人工繁殖出四批莽山烙铁头蛇，共孵化蛇卵273枚，孵化率高达79.31%，在国际上处于领先地位。

陈远辉把蛇，尤其是莽山烙铁头蛇视若珍宝，可就是这些宝贝，让他走了好几趟鬼门关，还失去了一根手指。

2003年8月20日，陈远辉决定在将军寨放生一条小蛇。

因为要放生的是濒危的国家优先一级保护蛇种，宜章县电视台特意派来记者，记录这一有着非凡意义的瞬间，宜章县林业局和林业公安局也派人一起见证这重要时刻。

有人问，为什么选在将军寨放生？

陈远辉说，母蛇是在这里抓的，说明这里才是最适合它们生存的环境，放回原地更有利于生存。

值得一提的是，将孵出1个月左右的幼蛇放归原栖息地，以扩大种群数量，陈远辉在国际上开了先河。

下午2点左右，在青龙洞旁，摄像机已开机准备就绪，陈远辉仔细观察了周围环境，确定没有危险之后，打开随着携带的DV，从女儿陈香颖手中接过装蛇的瓶子。陈香颖是家中的独生女，毕业后就在爸爸身边当起了助手，为此王银玲没少埋怨陈远辉。

陈远辉小心翼翼地把小蛇放出来捏在手中。用手接触蛇，尤其是

陈远辉放生莽山烙铁头幼蛇时发生意外，这次意外让他失去了左手中指（视频截图）

莽山烙铁头蛇时，他基本都是光着手，不采取任何防护措施。几乎每个见过这种情况的人都好奇他为什么不戴个防护手套，他说，不戴手套抓蛇，心里才有分寸，不会弄伤它们。

因为有记者在一旁摄像，为了把放生过程拍得更清楚，陈远辉特意慢慢地、轻轻地把蛇放下地，生怕了伤着它。他嘴里喃喃自语——希望在以后的研究中能再次相遇，希望你回归自然后健康成长……

谁知，前一秒在他手中还温顺的小蛇，尾巴一着地突然兴奋起来，不断扭动着身躯。陈远辉见势赶紧松开捏着它头颈部的左手手指。还没来得及把手缩回来，小蛇猛地一转身，张口咬中了他的左手中指。

旁边的人一阵惊呼，一个个围了上来。负责拍摄的记者一瞬间也吓蒙了，手一抖，摄像机差点掉落在地。

刺痛之下，陈远辉连甩了几次才甩掉小蛇。他举起手指一看，四个毒牙痕触目惊心，鲜红的血液已经渗了出来。

挤压了几下伤口，陈远辉突然想到，这种被毒蛇咬伤后第一时间、第一现场的毒牙痕资料十分难得。当时他正撰写专著《蛇伤精治》（2005年正式出版时改名《蛇伤救治绝招》），书中刚好需要这样的照片做资料。

十指连心，他强忍着剧痛，赶紧吩咐女儿用DV拍下手指上的毒牙痕。已被吓得六神无主的陈香颖拍了几次都对不准焦。陈远辉反应过来，这DV是自动对焦，拍一根手指很难对准焦点，于是一把拿过DV，一边拍一边让女儿架好三脚架。

同行的人劝他赶紧处理伤口，他头也不抬地说："不要紧，这样的现场资料很难得的……"

事后，陈远辉坦言，当时还是存着侥幸心理。这已经是他第九次被毒蛇咬伤了。前一次情况更加凶险，他甚至还留下了遗书，最后用自己的蛇药和治疗方法把自己治好了。他认为自己多次被毒蛇咬伤，体内或多或少有了抗体，这刚出生不久的小蛇毒性再重，还能毒得过上一次咬他的成年莽山烙铁头蛇?

拍到自己被咬伤的左手中指的清晰照片后，陈远辉伸出伤指，让女儿帮忙把毒血挤出来，自己又拿着DV，把镜头对准正慢慢向密林深处游去的小蛇。直到小蛇消失在镜头中，他这才发现，伤指已发紫淤肿、疼痛难忍，双腿发抖、双眼发花已越来越严重了，不由得心里一凉，他比谁都清楚，"蛇毒上身了"。

陈远辉用右手捏着左手中指使劲地挤着，想要把毒液挤出来，挤了好几下，却什么也挤不出了。他有点懊悔，最佳的局部处理时间已经过去了。他感到浑身越来越虚弱，勉强说道："你们扶我一下，到河边去。"

众人把他架到青龙溪边，帮他挤压、冲洗伤口。陈远辉只觉得眼前一阵眩晕，连说两个"不行了"就晕倒过去。

没多久，钻心的剧痛让陈远辉痛醒过来，他用最后一丝力气，告诉大家，把他抬回家去。在家里，他有特效蛇药，而且也没有人比他更了解莽山烙铁头蛇伤的治法。只是后面的话，当时他已没办法开口说了。

“你们要想法把我爸爸抬出去呀！”陈香颖带着哭腔对着众人一遍遍喊着。

几个人轮流背着，一路把陈远辉背出了山。回到家时已经是下午5点多，陈远辉也暂时清醒过来，发现肿胀已经蔓延到了左胸，伤口出血不止。王银玲和陈香颖立即找出陈远辉自制的中草药给他内服外涂。

这一次，没有以前的幸运，病情反复大大出乎陈远辉的预料。连中央电视台新闻频道也播出了《蛇博士被蛇咬，谁来救救蛇博士》的

相关新闻。

最终，陈远辉被家人送去了医院。医生给他连续打了三次麻药，截掉了那根受伤的中指。在他的坚持下，医院给他保留了一节指骨。也正是这保留的一节指骨，让他以后又多了半节手指，在抓蛇研究和日常生活中多了不少便利。

这次受伤，并没有让他吸取教训，抓蛇时还是一如既往没有防护。他说戴了手套，就不知道力的轻重，容易把蛇抓伤……

经年累月，陈远辉家里养的蛇种类和数量越来越多，除了莽山烙铁头蛇，还有五步蛇、竹叶青、银环蛇、陈氏后棱蛇、莽山钝头蛇等。中国近1/4的蛇类，都能在他家里看到。陈氏后棱蛇和莽山钝头蛇是他在莽山发现的两个新蛇种。其中，陈氏后棱蛇是1999年我国生物界科研机构为褒奖他的杰出贡献，特意以他姓氏命名的，已被列入

周洁纯 摄

《国家保护的有益的或者有重要经济、科学研究价值的陆生野生动物名录》。

研究了大半辈子蛇，陈远辉取得了一系列显著成就，“蛇博士”的称号也广为人知。以至于后来不少人只知道“蛇博士”，却不知道他的真名。

一开始，在赵尔宓院士（2001年当选为中国科学院院士）的支持和鼓励下，只有中专学历的陈远辉凭着多年的研究和积累，写出了第一篇关于莽山烙铁头蛇研究的论文。从此一发不可收拾，陈远辉陆陆续续在省级和全国性杂志以及全国性、国际性学术会上，发表、宣读学术论文30多篇。他的许多蛇类研究第一手资料，成为国家及有关国际组织制订野生动物保护名录的重要依据。《中国动物杂志》《中国濒危动物红皮书》《野生动物》等许多权威性科技书刊，都刊登或引用过他提供的资料和图片。陈远辉，成了当之无愧的全球对莽山烙铁头蛇的野外生态和人工繁殖孵化课题研究第一人。

2005年，陈远辉撰写的《蛇伤精治》由湖南科技出版社出版发行，多次重印，如今已累计发行十万多册，成了不少蛇伤医生常读常新的宝典。他提出的“黄金三分钟”自救法，也改写了民间毒蛇咬伤后局部绑扎的传统做法。

也是在这一年，陈远辉的高级职称论文答辩全票通过。

2009年，陈远辉同时获得全国五一劳动奖章、湖南省先进工作者、湖南省野生动物保护突出贡献奖。

作为一名蛇医，陈远辉至今已救治超700名蛇伤患者，治愈率达99.5%以上——这里所说的治愈，是在不截肢的前提下保住患者的性命。

陈远辉爱蛇到了如痴如醉的地步。除了被称为“蛇博士”，他还被人唤作“蛇仙”“蛇痴”“蛇王”……

在日记里，他这样写道：“蛇虽然是冷血动物，我一辈子偏偏就喜欢他……”一个“他”字，让蛇在陈远辉心中的地位显露无遗。

2004年5月，占地面积2万平方米的莽山自然博物馆建成，同时挂牌“郴州市科普基地”。博物馆一层，莽山烙铁头蛇馆和动物植物昆虫标本馆分立两边，博物馆里两条成年莽山烙铁头蛇成了镇馆之宝，吸引了无数游客前去一睹“超级国宝”的风采。

2008年冬，博物馆前坪立起了一座名为“蛇博士与莽山烙铁头”的雕像：陈远辉目视前方，双手托起盘在肩上的碗口粗的大蛇，雕像背后是苍翠的猴王寨景区。

人与蛇，和谐地融入一片郁郁葱葱之中。

第五章

邓加亮 摄

保护记

BAO HU JI

对一座绿色宝库而言，保护永远是第一位的，莽山永远恪守着这条铁律。

莽山具有丰富的森林资源和原始的地质景观，是一座巨大的生态宝库。从建立国营莽山林场，到如今的莽山国有林业管理局、莽山国家森林公园、莽山国家级自然保护区“三体合一”；从采伐与营林相结合到林业为本、水电固基、旅游腾飞，莽山的发展规划始终坚持保护优先，在保护中发展，以发展促保护的原则，实现了绿水青山与金山银山的统一。

莽山坚持以自然保护区总体规划为指导，在保护区实验区范围内严格控制生态旅游项目建设，积极探索新的绿色发展模式，制订出台了科普教育“三年行动计划”，大胆引进外部旅游战略投资者，进一步拓宽森林旅游发展空间，逐渐走出一条由单一的观光游览向森林康养、自然体验、科普教育方向转型的新路子。

这座“原始生态的第一山”——就是一代一代莽山人交出的人与自然和谐相处的杰作。

一

1992年7月27日，国家林业部批准建立莽山国家森林公园。

1994年4月5日，国务院批准建立莽山国家级自然保护区。

从湖南省国营莽山林场到湖南莽山国有林业管理局，在65年的发展历程里，这两件事无疑成了一道至关重要的分水岭。

对莽山这座巨大宝库，开发和保护是永恒的主题。

早在1937年，当时的国民政府实业部派出林业调查队进驻莽山实施林业调查。第二年，中国林业专家郑万钧根据在莽山的考察所得，撰写成《湖南省莽山森林之观察》一文，第一次明确提出“莽山森林关系到珠江之北江水源，宜由政府经营管理，以保护保全之北江水源”。郑万钧的观点，为建立莽山自然保护区提供了最早的理论依据。

1958年，湖南省林业厅对莽山进行Ⅱ级森林经理调查后，制订了《莽山森林施业案》，将当时崖子石46林班与摩天岭45、62、63、64林班共12985亩区域划定为自然景观区。这一景观区成为湖南省最早的保护区，也是当时全国14个保护区之一。1984年，湖南省林业厅、湖南省编制委员会批准在莽山建立省级自然保护区，划定面积在原自然景观区基础上向四周扩展到98100亩。

20世纪，莽山丰富的动植物资源吸引了不少专家学者慕名而来。郑万钧在《湖南省莽山森林之观察》中纪录莽山乔木树种40余种，概述其特点为“树种繁多，组成复杂”。1961年，湖南省历史博物馆派人到莽山调查鸟类，采集标本100余号，纪录种类50种；1962年，湖南师范学院（湖南师范大学前身）教师刘林翰编制《莽山种子植物名录》，纪录种子植物147科1050种，为后来莽山植物清查提供了蓝本；1980年，广东省昆虫研究所动物研究室与湖南经济地理研究所进入莽山泽子坪一带调查兽类，纪录莽山兽类为8目23科50属68种；1990年，上海技术师范学院吴世福、湖南省林科所张灿明曾到莽山林区采集蕨类植物，分别提供采集名录250种和204种。吴世福后来重来莽山采集，并撰写《湖南莽山蕨类植物研究》，附莽山蕨类植物名录274种。经综合整理莽山蕨类植物纪录324种，填补了莽山蕨类植物研究的空白。1992年，郴州教师进修学院廖晓东、湖南师范大学动物学教师王斌先后来莽山进行鸟类（动物）调查。1994年，湖南师范大学教师刘克明发表题为《莽山菊科植物的地理分布和区系特点的研究》，记载莽山菊科植物48属91种（含2变种），其属种分别占湖南总属种数的59.3%、51.7%，其中1属为中国特有属，15种为中国特有种，1种为莽山特有种。

郴州行署和莽山林管局在探索产业结构调整的同时，也在积极思考辖区内森林资源的保护方案和途径。1991年，在大力开发水电的关键时期，莽山林管局腾出精力和人手，积极向国家申请保护自然资源和开发旅游资源。批准建立莽山国家森林公园的当年，时任郴州行署常务副专员刘学文两次主持召开“加快开发莽山国家森林公园现场办公会”，并担任莽山国家森林公园开发建设领导小组组长。中南林业

莽山国家森林公园、湖南莽山国家级自然保护区（资料图）

1993年11月，芬兰国家林业和公园管理局局长、欧洲自然保护委员会常务理事马迪·赫尔明尼来莽山考察（资料图）

2001年，南非华南虎考察团在莽山进行科学考察（资料图）

勘察设计院也在这一年派出十个课题组到莽山，对莽山国家森林公园进行总体规划设计，历时11个月编制完成《莽山国家森林公园总体规划》。因郴州地区公园领导小组人事变动，机构名存实亡，林管局主要财力已注入水电二期工程，无力进行后续开发，森林公园工作陷入僵局。

莽山国家级自然保护区的申报工作也几乎同步进行。

1993年5月，肖伯仲收集9篇以莽山资源为题材的学术专著，采集、汇总、整理动物、植物名录，撰写了《湖南省莽山自然保护区自然资源与保护管理工作综合考察报告》，汇编为《莽山自然保护区科学考察报告》获得认可，完成国家级自然保护区申报工作。

这一年的6月，湖南师范大学生物系师生到莽山泽子坪实习，教师刘克明在莽山浪畔湖发现宽叶泽苔草。该种在国内其他地方已绝迹，唯莽山独存，属濒危种，已列入《中国濒危植物红皮书》。信息一经报道，武汉大学生科院植物系统与进化生物学实验室王勇、王青锋等相继来此采集花、果，开展“珍稀水生植物——宽叶泽苔草的核型研究”。

1994年4月，在批准为省级自然保护区12年后，莽山经国务院批准，升级为国家级自然保护区，区内一草一木、野生动物皆列入国家法律保护范围。两个月后，国务院公布《中国生物多样性保护行动计划》，保护区内特有濒危新蛇种莽山烙铁头蛇，列入了爬行类一级优先保护动物。

湖南莽山国家级自然保护区属南岭山地森林及生物多样性生态功能区的重要组成部分。地理坐标介于东经112° 43’19”—113° 00’10”，北纬24° 53’00”—25° 03’12”之间，东、南、西三面分别与广东省乳源、阳山、连州接壤，北面与宜章县天塘镇、莽山乡及溶家洞林场毗邻，范围总面积 19833公顷（约29.75万亩）——也就是说，莽山林管局所辖的全部面积皆为保护区。

保护区以保护典型南岭植物区系的原生型常绿阔叶林之自然森林生态系统、生物多样性及珠江支流北江源头的自然生态环境为主要目的，注重保护与合理开发利用水资源、景观资源相结合，集自然保护、科研、教学、生态旅游、多种经营于一体。

2001年7月，莽山林管局委托湖南省林业调查规划设计院完成了《莽山国家级自然保护区总体规划》编制。8月9日，莽山国家级自然保护区森林分类区划由湖南省林业厅有关专家评审通过。同时，莽山国家级自然保护区管理局对保护区内古树名木进行调查， 截至当时发现树龄超100年以上的古树名木共计59309株，其中树龄超300年以上的就有14370株。

《莽山国家级自然保护区总体规划》清晰划分了核心区、缓冲区和实验区。

其中，摩天岭至石子路、牛寮水坳、黄岔岩、垫山坑、担杆冲、后洞、横岔、三姊妹、青山坪等地域，原生型常绿阔叶林生长完好，是南方红豆杉、伯乐树、华南五针松等珍稀植物集中分布区域及华南虎、云豹、金钱豹、黑熊、藏酋猴、水鹿、莽山烙铁头蛇等珍稀野生动物主要栖息地，被划为核心区，面积11.06万亩，占保护区总面积的37.2%。

根据生物资源状况，在核心区北面平均距离1公里范围内划设缓冲区，以防止核心区受外界干扰影响，同时便于正常开展生产经营和森林生态旅游。缓冲区面积4.25万亩，占保护区总面积的14.3%。

在缓冲区外围的兑子冲、回头望、狮子岭、青瓜坑、岩坑尾与枞树坝、大坑棚、大塘坑、相思坑、京竹坑、泽子坪、林子坪等地域划两块实验区，面积14.44万亩，占保护区总面积的48.5%。

2002年2月，《莽山国家级自然保护区建设工程可行性研究报告》得到国家林业局批复。枞树坝、何家湾、相思坑、兑子冲等4个保护站按照规划建立起来。

在管理上，莽山国有林业管理局集国家级自然保护区、国家森林公园于一体，实行“三块牌子、一套人马”的管理体制。保护区组建了专业的森林防火队伍，建立了森林防火联防联动机制；推进信息化建设，实施大型综合科学考察；保护区动态化巡护管理机制覆盖全局。

莽山所有开发经营的旅游项目都严禁触碰生态环保红线，全部限于实验区内进行，最高限度地减少了对自然、对野生动植物栖息和生长环境的破坏，这也使得生态保护的成果能够在旅游项目中展示和推介，并加以充分利用。莽山也因此在2018年全国长江流域自然保护区管理综合评估中被评定为优秀等级。

莽山，这座林木叠翠、风光绚丽的绿色宝库，从此一步步走上有序、系统的保护和管理新时期。

绿水青山，就是金山银山。

保护一座山，其实就是在保护我们赖以生存的家园。

莽山林管局一名职工说：“为子孙后代守护青山绿水，为许多物种守护地球最后的家园，是我们最重要的使命。不希望有那么一天，当我们的后代问起‘神奇动物在哪里’‘神奇植物在哪里’时，我们只能回答‘在标本馆里’。”

二

莽山30万亩森林是珍稀动植物的乐园。动植物的多样性及当地的气象、水文、地质、土壤的复杂性，让莽山成了公众科学普及的理想场所。

2004年，莽山自然博物馆建成并对公众免费开放。随着莽山知名度的不断提高，博物馆访客人数连年攀升，2019年访问人数超过20万。为了进一步完善科普场地的功能，莽山保护区管理局2019年投入近300万元对自然博物馆进行了升级改造，丰富了部分标本，增设了多媒体教室。

莽山保护区还划分出将军寨、猴王寨等室外教学、实践、体验区域，可供开展科普教育及自然体验活动的面积超过200万平方米。这些区域内动植物种类非常丰富，安全设施也较为完备，为开展科普教育、自然体验活动提供了坚实的资源保障。

保护区主要通过活体以及橱窗、标本、图片展示等形式来直观

莽山长苞铁杉群©曾散 摄

①国家二级重点保护野生动物白鹇（红外相机拍摄）
②国家二级重点保护野生动物莽山长毛短尾猴◎陈远辉 摄
③国家一级重点保护野生动物林麝（红外相机拍摄）
④国家二级重点保护野生动物莽山瑶螈◎陈军 摄

地向公众介绍莽山生物多样性，通过导览讲解、科普讲座、标识牌介绍等形式来普及生态环境、自然教育等方面的科学知识，同时，保护区与科研机构、高等院校合作开展科研活动，不断丰富和更新科普内容，开发“赏花·观鸟”“发现·莽山之美”“探秘莽山无人区”等具有本地特色的科普活动产品，编写了针对不同人群的科普宣传教材，有的放矢地进行科普宣传。

近年来，中国科学技术协会和湖南省科学技术协会分别授予莽山国家森林公园“全国科普教育基地”“湖南省科普教育基地”牌匾；2021年6月10日，全国关注森林活动组委会公布首批国家青少年自然教育绿色营地名单，莽山国家级自然保护区入选。

莽山利用自身资源优势进行群众科学普及教育，始于15年前那场突如其来的冰灾。

2008年初，雨雪冰冻灾害突袭中国南方，也给莽山国家森林公园带来了巨大创伤，森林受到了严重破坏，树木、楠竹、京竹等植物遭受不同程度折断甚至连根拔起，园内动物也伤亡惨重。

但这场自然灾害却让莽山国家森林公园看到了实行社会科普的契机。从2009年开始，公园连续多年策划开展以让学生理解冰灾产生原因、感悟大自然的力量和神奇、了解冰灾后的森林公园生态恢复情况为主题的科普调查活动。

每年的3月6日至12日和9月20至26日生态科普活动周期间，来自宜章县、郴州市区甚至广州、深圳的中小学生在老师的带领下，穿好防护装备，携带望远镜、照相机、笔记本、皮尺等器材，分批前往园内的坪坑、大塘坑、将军寨等景区进行考察。在观看景区冰灾的历史图片和视频资料后，走访相关专家和林管局相关职工，了解当年冰灾形成的原因以及冰灾对莽山生态环境的破坏情况，以及对当地生产生活所产生的影响，再前往当年受冰灾影响较为明显的平坑、枞树坝和平均海拔上千米的将军寨，了解冰灾后生态恢复的情况。在这三个观测点，学生们可以观测动植物的数量以及植物恢复等情况。活动最后，在指导教师的带领下，学生们会全面了解防灾、减灾知识。比如，地震、水灾、泥石流、森林火灾等灾害来临时可能造成的危害，灾害预防救治、灾后恢复重建，以及自然环境保护、人为因素对自然的影响、自然力量的应用和规避等。

2012年，莽山“中小学生保护生态科普行动”项目荣获中国科协优秀项目奖，成为全国科普教育基地特色科普活动之一。

近些年，国家加强生态文明建设，为全面提升全民科学素质，莽山国家森林公园制订了科普教育发展目标和计划，以提升游客的生态文明素质和促进中小学生保护生态意识为方向，充分利用自然资源禀赋，积极开展科普活动，常态化举办科普公益讲座，开放科普基地，举办青少年科技夏（冬）令营，承接青少年科普研学和社会实践，开展中小学教师科技培训以及研修实践。还开通了公共服务网站和自媒体宣传平台，积极促进公众理解人与自然和谐共生的理念，培养公众，特别是青少年保护自然资源、生态环境的意识和行为习惯。

63名专、兼职人员科普教育工作成效纳入绩效评价或表彰奖励范围。其中，已有1人取得中国林学会颁发的“自然教育师”证书，有2名科普业务骨干参加“全国三亿青少年进森林研学教育活动自然教育导师培训班”线下培训，获得了全国三亿青少年自然教育导师证书，有16名科普人员参加国家林业和草原局线上自然教育培训，认真完成了所有教学课程学习。同时，每年选派3名科普人员，参加湖南省林业局生物多样性监测实地培训，不断提高全局科普人员的理论知识和实操技能。

国家二级重点保护野生动物凤头鹰（红外相机拍摄）

国家二级重点保护野生动物红嘴相思鸟（湖南省省鸟），栖息于海拔1200-2800米的山地常绿阔叶林、常绿落叶混交林、竹林和林缘疏林灌丛地带◎陈军 摄

国家一级重点保护野生动物黄腹角雉，中国特有鸟类，主要栖息于海拔800-1400米的亚热带山地常绿阔叶林和针叶阔叶混交林中，数量非常稀少（红外相机拍摄）

倡导全社会关心、支持、参与生态环境保护，把节约适度、绿色低碳、文明健康的生活方式和消费模式化为自觉行动，走进企业、社区、校园、乡村，向公众传达科学、环保的理念和意识是直接有效的方法之一。

今年54岁的陈军，在莽山国家级自然保护区从事保护管理、生物多样性监测工作，是莽山科普工作领导小组办公室主任。保护区现已记录的196种鸟类，他选取较常见的100种鸟的图片做成彩色折页发放，方便公众在莽山保护区识鸟、赏鸟。

所谓“近水知鱼性，近山识鸟音”，从小在莽山长大的陈军便练成了这么一手绝活，凭叫声就能判断鸟的种类和名称。时间一长，“鸟博士”的称号就这样传开了。

陈军其实并不太习惯被人称作“鸟博士”，他更喜欢戏称自己是“鸟人”。爱鸟、护鸟的他是一名“林二代”，生于莽山，长于莽山，父母都是莽山林场职工。参加高考时，他正好在生病，以一分之差落榜，通过定向招生去了湖南林业学校（后并入中南林学院，现中南林业科技大学）林场班。1990年毕业后，他回到莽山。正值单位转型时期，他无岗可上，只能去子弟学校当代课老师。子弟学校从小学到高中都有，陈军教的是小学二年级数学和高中二年级生物，因为他学的是林学专业，学校所有年级的自然课也都让他一个人兼顾。为了不误人子弟，他从零开始，学着备课、教学、批改作业，一心扑在教学上。在一周35节课的锻炼下，虽是教学新手，到考试时陈军却教出了全校毕业率最高的班级。

莽山申报国家级自然保护区时，林管局联系了湖南师范学院（现湖南师范大学）、中南林学院（现中南林业科技大学）、郴州教育学院（现湘南学院）等高校的几位教授、老师对莽山进行综合科学考察，林业科班出身的陈军被林管局临时抽调出来，配合专家们在莽山开展科考工作。

在这批专家中，陈军发现一个熟悉的身影——中国动物学会理事、被誉为“将鸟类学研究与民间观鸟有机结合第一人”的廖晓东教授。

陈军和廖晓东相识于郴州教育学院。参加工作后，为了开拓视野，提升专业知识，陈军又考入郴州教育学院进修生物学，教他们动物学课程的正是廖晓东教授。进修期间，在廖晓东的指导和带领下，陈军第一次见到了鸟类标本，第一次知道鸟类标本有假剥制和姿势标本两种做法，第一次认识了鸟环，第一次读到了鸟类图谱……五彩缤纷、生机盎然的鸟类世界让陈军大开眼界。

再次见到廖晓东教授，让正沉迷于鸟类观察研究的陈军喜出望外。

鸟类调查是这次综合科考的重要内容之一。廖晓东进山时，正是冬末春初时节。调查工作进行到第四天，一股强冷空气袭来，莽山一夜之间裹上银装，廖晓东和陈军没有半点犹豫，冒着严寒出了门。

在冰天雪地的林子里，陈军跟着廖晓东四处搜寻鸟类。不时传来的鸟叫声，总能引得廖晓东停下脚步侧着耳朵认真听着，然后随口说出鸟的名称。陈军在一旁看得一愣一愣的。廖晓东告诉他，不同种类的鸟有不同的叫声，只要用心听、用心记，时间长了自然而然就能听音辨鸟了。并且，同种鸟类发出的声音，在音调、响度、频率上也会存在着差别。陈军听鸟叫辨别鸟类的功夫，就是从那时候开始练的。

廖晓东又一次停下来，眼睛直勾勾地盯着不远处雪地里的一摊黄褐色的羽毛。陈军一看，那应该是一只鸟被野兽吃光后剩下的羽毛。廖晓东一步步走向那摊羽毛，眼神越发热切，最后三步并作两步，走

国家一级重点保护野生植物——南方红豆杉◎陈军　供图

青钱柳◎陈军　供图

国家二级重点保护野生植物——伯乐树◎陈军 供图

灯笼树◎陈军 供图

到羽毛面前蹲了下来。仔细看了看后，兴奋地朝陈军一挥手，快，帮我把这些羽毛全部捡起来。

师生二人一点点把雪地里的羽毛连冰带枯枝落叶全给捡了起来，轻轻放进一个袋子里，也顾不得再去搜集、调查鸟类，直接折返回到驻地。廖晓东一边吩咐陈军生火，一边打来水把冰化开，将羽毛一片片漂洗干净后夹进草纸中。陈军怕老师冻着，已经快速生起了火。廖晓东捏着草纸包凑到火边，一看火太旺，抽掉几根炭火，伸出手试了试温度，这才放了心，把草纸包凑到小火边上烤干。

整整一个下午，陈军一直陪着廖晓东不停地把那些包着羽毛的草纸翻过来，再翻过去。他问了好几次这是什么鸟的羽毛，廖晓东只是笑笑，卖起了关子：等下你就知道了。

冬天的夜晚来得很早，等全部羽毛烤干，外面已经全黑了。在昏暗的烛光下，廖晓东用镊子小心翼翼地夹起羽毛，按它在鸟身上的位置一片片摆好，摆出一个鸟的形状后，这才兴奋地揭开了谜底："这正是黄腹角雉的羽毛，莽山真有黄腹角雉！"

陈军这才想起，在郴州教育学院进修学习期间，廖晓东跟自己谈起过，莽山很可能有一种叫黄腹角雉的珍稀鸟类，属国家一级重点保护野生动物，考察过程中应充分留意。

虽然只是一些羽毛，但这样的发现足以让廖晓东和陈军激动得手舞足蹈。

美中不足当然有，毕竟，找到的只是一些羽毛。

从这天后，师生二人在调查莽山鸟类的同时，都会特意重点搜寻黄腹角雉的踪迹。但即使他们满山都跑遍了，除了之前发现那摊羽毛，黄腹角雉再也没有给他们留下过任何痕迹。

但在莽山发现国家一级保护野生动物黄腹角雉的消息传遍了整个

林区。廖晓东给林场工人们展示黄腹角雉的图片，告诉他们在野外怎样辨认这种珍贵的鸟儿。

两个月后的一天，林场的一名护林员兴冲冲地捧着一只死去不久的鸟来到驻地，隔着老远就喊开了："廖教授，这只鸟刚刚被野猫咬死，还没来得及吃掉……"廖晓东、陈军走上前一看，竟然是一只十分完整的黄腹角雉雄性！

花了一个通宵，陈军在一旁打下手，帮廖晓东把这只黄腹角雉做成了标本。一夜无眠，天已大亮，看着做好的标本，师生俩却睡意全无。

廖晓东在莽山的鸟类调查持续了三年多。在这段时间里，陈军陪着老师踏遍了莽山的山山水水、沟沟坎坎。在野外做调查，爬山越涧，风餐露宿，艰苦自是不必说。每次一进山，短则一两天，长则半

陈军（左）和技术人员陈德胜在监测鸟类等野生动物◎郭立亮 摄

个多月，山上没有吃的用的，陈军就一头挑着米，一头挑着菜，跟着廖晓东走进茫茫林海。进到山里就近乎与世隔绝，有时走上半天才碰到一个人。在山里碰到的人，不是林场的护林员，就是进山打猎的猎手，都是熟悉莽山的人，哪个山头有什么树，哪片林子有什么鸟，比别人知道得更多。

不知被晒掉了几层皮，磨破了几双鞋，挂烂了几身衣服，他们终于获得了大量科学数据，写出了翔实的考察报告。

廖晓东带着满满的收获离开了莽山，陈军也从此走上了爱鸟、护鸟之路，成了莽山最早的“鸟人”。对于“鸟人”的称号，陈军打心眼里满意。

再次见到廖教授，已是多年以后。

廖晓东成了“海归”，他带来了单筒望远镜、数码照相机等陈军从没见过的新鲜玩意儿，也带来了生态保护、自然教育等新思想和新理念。陈军看着那些用单筒加小数码拍出的栩栩如生的鸟儿照片，内心震撼不已。脑海中像是突然打开了一扇窗，以前模糊的思维、零散的想法，在那一瞬间都被光照亮了。

在那一刻，陈军悟出了人与自然和谐相处的道理。

当年受邀来莽山进行综合科学考察的专家中，湖南师范学院的王斌教授也带领陈军走进了一个新奇的动物世界。王斌带了红外相机进莽山，这个不用人控制就能拍到野生动物的新鲜玩意，让陈军大开眼界。通过红外相机，陈军发现了很多此前只存在于资料上的动物。在莽山的丛林里，王斌和陈军还发现了大型动物留下的运动痕迹，通过对现场脚印、卧痕等细节进行深入的分析和比对，最后判断莽山极有可能存在华南虎。

陈军跟随王斌在山林中穿行，观察树梢上戏耍的短尾猴，树冠上轻巧跳跃的松鼠，稍微有点响动就往灌木丛中钻的野兔，黄昏时在水边觅食的水鹿……他们一一记录下这些生动的画面。

两个多月的时间里，他们采集170余号动物标本，将莽山鸟类纪录增至15目35科133种，其中金胸鸦雀、橙背鸦雀、栗头鹟莺华南亚种、金头缝叶莺西南亚种四种为湖南新纪录。

他们共同发现、制作的水鹿标本，如今静静地安放在莽山自然博物馆中。

综合科考调查完成后，专家们陆续离开莽山，但他们对自然的那份敬畏和热爱之情，影响了陈军一辈子。从此，陈军一头扎进那个美丽的梦幻世界，乐此不疲。

莽山被称作“第二个西双版纳”“动植物基因库”，吸引了国内外大批专家、学者纷至沓来，陈军也由此结识了一大批顶尖的动植物学家。对于自己已经取得的“小小的成绩”，他笑称是得益于众多老师教导的结果，“就像是学武功，遇到的都是当世一流高手，每个人教给我一招，我就受益无穷了”。

新旧世纪交替之际，莽山林管局完成了为国采伐的历史使命，转身成为生态保护的前沿站。陈军是林管局生产科最后一任科长，也迅速转变角色，从开采无缝对接到保护。

陈军说，人类持续多年对莽山索取，是到了反哺的时候。他的一腔热情全部倾注到了保护莽山的绿色生态上。老科长肖伯仲退休后一直致力于采集莽山动植物标本，陈军一有空闲就默默地搭上一把手。两人收集的标本如今堆满了整整两间屋子。

这么多年来，陈军一直都在坚持观察、监测莽山的鸟类活动。他认为，鸟类的活动情况，就是莽山生态的晴雨表。

2021年，科研监测小组用红外相机在莽山首次拍到国家二级重点

莽山猴头杜鹃©邓加亮 摄

保护野生动物——仙八色鸫。

2022年，一只蓝色鸟类在将军寨被拍到，经鉴定确认为雀形目鹟科蓝鹟属白腹蓝鹟。查阅相关文献资料后，确定该物种为莽山鸟类新纪录。

新鸟种的逐年增加，正是莽山生态系统朝着物种多样化、结构复杂化、功能完善化方向发展的最好证明。

陈军听音辨鸟的功夫自然也是愈发精湛。他的办公室一推开窗户就是青山，林中啾啾鸟鸣从空灵中悠悠传来。每到这时，他就会想起廖晓东教授曾经对他说的话："如果你学会了观鸟，就拥有了一张通向大自然剧院的终身免费门票。"

近年来文旅大热，开发和保护又成了他苦心研究的课题。他关注和思考的面更广了，人类生产、生活行为对鸟类的影响，旅游发展和生态演替规律的关系等。为了让保护大自然的观念更深入人心，碰到来莽山的游客，他都会热心地向他们介绍莽山的鸟类以及各类珍稀动植物；他定期参加"我和小动物有个约会"科普活动，带着动物标本走进校园，让学生们近距离感受来自大自然的精灵。那一双双明亮的眼睛里，对大自然从陌生、畏惧到欢喜、亲近的变化，让他无比的欣慰。

莽山有"蛇博士"陈远辉，"鸟博士"陈军，还有"花博士"邓国杏。

作为地球同纬度上面积最大、保存最完好、最具代表性的原生型常绿阔叶林区，莽山至今仍存有6000多公顷原始次森林，是古老植物理想的栖身之所。莽山已被记录的2000余种高等植物中，至少超过一半的植物，"花博士"邓国杏都清楚地知道它们的分布地点。

邓国杏是莽山国家森林公园枞树坝保护站站长，日复一日的巡山

邓国杏（右）和同事在采集杜鹃花样本◎郭立亮 摄

中，他养成了边看边拍的习惯。

2019年6月的一天，日常巡山的邓国杏发现了几株叶片长有斑纹的植物，于是赶紧拍下，后来经专家鉴定是虎舌兰——这是在湖南首次发现虎舌兰属植物。

发现新物种固然喜悦，在从事森林保护工作20多年的生涯里毕竟罕见，但邓国杏日常巡山更多的则是枯燥。乐观的他渐渐与花花草草交上了朋友。果子像“人”字形的“人字草”，味道甜美的“八月瓜”，长满利刺却可以祛风湿、活血的“鸟不站”，新叶始生、老叶即凋的“交让木”……莽山的花草，他不假思索就能说得上来。

常人眼里不起眼的花和草，在邓国杏眼里都是可爱的，发他自内心地喜欢。

等到花开时，邓国杏就会把养在院子里的花儿们搬到房间里，

莽山猴头杜鹃◎邓加亮 摄

让花香盈满整个屋子。他说，这样一来，就会觉得“生活像花儿一样绽放”。

他对花草的专注和热爱，惹得妻子也经常半是玩笑半是吃醋地责怪：“我是不是要变成一朵花就好，你就会天天看着我了。”邓国杏往往没话说，只能憨憨地笑着，憨厚的脸笑成了一朵花。

漫山植被中，邓国杏偏爱杜鹃。他在家里移栽了多种杜鹃，有广东杜鹃、乳源杜鹃、刺毛杜鹃等，共有20多种。他近乎执着地守着杜鹃，记录它们的花期变化，一年年在大山之中看花开花谢。

“博士”的称谓，是当地人对他们精研本门、无所不知的赞誉。不知是从何时开始叫起，也难以考证出处，却在当地人一天天、一年年的“博士”的称呼中，变成了莽山的名片，飞出莽莽林海，经悠悠

莽山猴王寨顶生长的莽山野橘◎陈远辉 摄

中国工程院院士邓秀新做客中央电视台《开讲啦》节目时介绍说：据研究，莽山野橘在莽山至少生存了4000万年以上，堪称柑橘活化石（视频截图）

众口传遍三湘大地。

当然，守护莽山的远不止这几位本土专家。莽山林管局全局职工1070人（在职490人、退休580人），其中有210人专职从事保护工作。更有那满山青绿养育着的近万名瑶乡儿女，将保护与开发有机结合，正不断续写“绿水青山就是金山银山”的莽山新故事。

对一座绿色宝库而言，保护永远是第一位的，莽山永远恪守着这条铁律。在国家卫星云图严格的监测图里，莽山始终严守环境保护“红线”。2019年，莽山林管局获得“全国生态文明突出贡献奖”，为莽山发展史又添一枚绿色勋章。

这是一份来自青山绿水的认可，更是一份沉甸甸的激励和责任。

第六章

周洁纯 摄

开发记

KAI FA JI

莽山人守着绿水青山，
换来了金山银山。

莽山的发展史，是一部跨越世纪的艰苦奋斗创业史。

从1958年建立国营莽山林场，到如今的莽山国有林业管理局、莽山国家森林公园、莽山国家级自然保护区“三体合一”；从采伐与营林相结合到林业为本、水电固基、旅游腾飞；从连工资都发不出到全局总收入突破8000万元……

66年来，莽山人不仅守住了地球同纬度保存最完好的原始森林，筑牢了一道固若金汤的绿色生态屏障，还探索出一条开发反哺保护的可持续发展之路。

从建场到1994年成立莽山国家级自然保护区，莽山共采伐林木68万立方米，有力地支援了社会主义经济建设。同时，也积下了近3亿元的固定资产，为莽山的后续发展打下坚实基础。

20世纪80年代初，莽山可采森林资源日趋枯竭，全国天然林保护力度逐渐加大，禁伐政策相继出台，莽山林场到了转型的十字路口。1981年，莽山林场组织人员对林区内乐水河东源重新进行了仔细勘察，综合其他资料，得出令人振奋的结论：莽山地区雨量充沛，年均降水2000毫米以上，水源丰富，乐水河东源流域面积60多平方公里，有效落差800余米，发电理论蕴藏量3.2万千瓦，可开发利用2万千瓦以上，开发简易，工程量小，造价低于全省平均造价40%以上，具有开发小水电得天独厚的资源条件。林场决定调整产业结构，走水电开发、以电兴林之路，以解决林木资源消耗过大、蓄积量不断减少、职工就业困难等根本问题。同年，林场自筹资金开工建设装机容量1000千瓦的夹水电站，解决生产生活用电困难的问题。1986年，三级电站第一期装机2500千瓦工程建成投产运行，莽山至梅田35千伏变电工程亦顺利竣工，水电开发开始受益。

进入21世纪，莽山国家森林公园、莽山国家级自然保护区相继批准建立。莽山人第三次踏上了创业之路，依托丰富的森林资源和壮美的地质景观，利用毗邻粤港澳优越的区位优势，莽山以自然保护区总体规划为指导，在保护区实验区范围开发森林旅游。

不等、不靠、不要，莽山人守着绿水青山，换来了金山银山。

二

莽山，以蟒蛇频频出没、林海茫茫而得名。这里拥有中国南部保存最完好、面积较大的原生型常绿阔叶林，其独特的风景旅游资源和原始自然生态环境也让其声名远扬，被誉为“天然动植物博物馆”“南岭山地物种基因库”“湖南省最大的生物基因库”“中国生态第一山”。

保护与开发，历来是发展过程中辩证的矛盾统一体。

在60多年的创业过程中，莽山人逐渐找到了二者的平衡点：始终坚持保护优先，在保护中发展，以发展促保护，实现绿水青山与金山银山的统一。这是莽山林管局各项事业开展的基础和根本，也是莽山人始终秉持的初心和理念。从林木采伐到发展水电，再到旅游开发，“以林为本，水电固基，旅游腾飞”的大道越走越宽、越走越顺。一代又一代莽山人围绕着莽山的青山和绿水做文章，将保护和开发有

周洁纯 摄

机、和谐地统一起来。

新世纪前后，莽山林管局又一次站在了选择的十字路口。

1998年，莽山国家森林公园管理处委托国家林业局中南调查规划设计院编制了《莽山国家森林公园总体规划》。规划中，按照森林旅游、生态保护、旅游发展等方面，进行功能区划，分将军寨、崖子石、猛坑石、长乐河、天然树木园、猴王寨、摩天岭、林泽湖8大景区110余处景点。游览内容有看日出、观云海、峡谷探险、悬崖攀缘、领略谷溪瀑潭、深林探秘、踏青赏花、赏析巨型铁杉粤松古木、泛舟游湖、垂钓游泳、考究历史遗迹、烧香祭寺、休闲避暑等项目。预算开发投资8600万元（不含进园公路改建费用）。

这份规划历时5年完成。但在这5年中，是继续做大做强水电工程，还是利用这一山得天独厚的自然资源转型做旅游开发，莽山林管局上下并没有形成统一意见。彼时全局的人力、财力、物力基本全部投入水电开发建设，水电的经济价值和收益凸显，成为林管局的经济支撑。而旅游，离得近的郴州市内有苏仙岭，远一点的湖南省内有张家界，所以在当时莽山的旅游价值并未完全显现，未来前景充满不确定性。

最终，莽山旅游开发还是在争议声中上马了。做这个决策一是源于水电支撑的强大底气，二是基于发展多元经济结构的探索。但即使支持在莽山开发旅游的人，也并非都看好这个在当时算是朝阳产业的新事物。

在等待森林公园总体规划编制完成的时间里，莽山林管局从紧张的经费中挤出资金，逐步完成了景区基础设施初步建设。从1995年开始，筹集资金协助宜章县电信局开通莽山地区程控电话；1998年建成公园西大门；1999年莽山森林宾馆开工建设，修通森林宾馆至将军寨水泥游道3000余米，建成公园东大门，景区迎来第一批游客；2001年，莽山森林宾馆建成。

2003年，森林公园建设全面展开。

宜章县政府投资2280万元，将栏杆岭至枞树坝32公里砂石路面改造成水泥路面；宜章县移动通信公司分别在莽山的赵家岭、崖子石、林子坪、糍粑岭等4处建转波发射站，各景区移动电话顺利开通。

枞树坝旅游服务中心、生态广场、莽山自然博物馆、莽山大酒店、木结构别墅群（8栋）、竹结构小吃一条街、猴王寨木板游道（670米）、将军寨木板回路游道（960米）、崖子石花岗岩板材游道（2900米）、枞树坝至八字桥主线公路改造、大塘坑观音庙支线水泥路（4.2公里）、观音庙重建、西大门搬迁等工程先后开工。至2003年底，猴王寨、将军寨、天台山、猛坑石4大景区60余个景点开辟完成，全部向游人开放。

莽山森林公园以原始绿色生态环境为背景，以苍郁的原始森林景观与高险雄奇的山水景观为特色，以宜人的山地气候为依托，是集森林游览、登高探险、野营猎奇、科研考察、教学实习、避暑度假为一体的综合性国家森林公园，森林覆盖率92.8%，南北高、中间低，境内山体垂直高差大，山势险峻雄浑，猴王寨、将军寨、天台山、猛坑石等游览景区，以其独特的自然风貌散发着莽山独有的魅力和风采。

猴王寨背靠原始林莽，危崖峭壁，古木蔽天，谷狭径幽，山挟水转，山水相间，飞瀑成群，一瀑一潭错落有致；每立方厘米负离子高达100300个，时有野猴来此觅食戏水，是游人戏水观猴、吸负离子润肺的极佳境地。最具特色的瀑潭景观，由6.1平方公里集雨面积的铁竹坪盆地狭口倾泻溪流而成连串瀑潭，海拔高度差450余米。长垂的瀑帘在古木林中忽掩忽现高高挂起，瀑柱冲窦而成的石壁兜潭碧波荡漾，四周石壁光滑而纹彩斑斓，石缝中的阔叶树蔸大枝短叶茂。中途有近300米的缓冲流段，一串矮瀑青琉见影，裸露于天的深潭倒映着云彩、星光清晰如镜。再往上行，数百米溪流段展现截然不同景致，峥嵘崔嵬的巨石充斥着全部瀑潭，瀑柱从石头缝中夺狭而泄，瀑底清潭深桶大缸，雨丝薄雾纷纷扬扬，凉风阵阵沁人心脾。

将军寨又称鬼子寨、闯王谷，最早形成于侏罗纪晚期和白垩纪早期，每立方厘米空气中负离子含量超十万个。景区内遍布峰峦、峰丛、峰柱、峡谷、崖壁等，石峰峥嵘，岩高峡深，林幽峰奇，是国内最典型的花岗岩地质地貌，早在1957年就已成为中国14个自然景观区之一，是湖南省第一个自然景观区。鬼子寨瀑布气势非凡，游人未至将军寨，先闻瀑布声。一道飞流从千尺高处洒落，如千匹飞练，似亿万珍珠，瞬息而下，落入瀑下老潭。老潭幽深，潭边古木垂荫，瀑潭一体，格外壮观、秀美。瀑布左面是将军石，高约百米，形态逼真。将军寨峡谷对面有一道巨大的绝险石屏横空而立，崖顶云雾缭绕，犹如天降巨幕，故称天幕山。

天台山又叫崖子石，是一处密集型巨峰群，山势磅礴、崖险谷幽，奇峰怪石遍布，汇莽山山峰奇险、雄伟之精华，集奇、险、雄、怪、灵于一体，有“中南第一险”之称，坐拥莽山核心精华景观，当地流传着“不上崖子石，不识莽山景”的说法。山顶可观日出，阴天可见云海。天台山景区相对垂直高差相当大，以百丈峭壁深渊相隔离，每峰周围绝壁上又有多层叠垒的小尖峰相簇拥，上下形成了奇异的险峰石林景致。石林形态各异，有的像石笋石柱高耸数百米，有的岩轮如青筋裸露，有的峰形似老态龙钟，整个岩丛犹如一座魔幻之城。萦绕在半峰之间的云雾团团朵朵忽大忽小、忽高忽低、若即若离。高峰之下尽为百丈深渊，崖壁如刀切斧削，幽深险峻，让人心惊

莽山天台山（资料图）

肉跳。天台山有不少景观极具佛教文化，如童子峰、观音堂、天台寺等。

猛坑石又名石坑空，为莽山主峰，是南岭中段最高峰，海拔1902米，有“天南第一峰”“广东第一峰”之称。猛坑石巍然雄浑、高耸入云，也是湖南省与广东省分水岭，郴州与韶关、清远三市的交界点，同时还是观日出日落和云海的最佳峰点。登临峰顶可北望衡阳，南顾韶关，举目四望只见群山朝揖，甚是壮观，“雄奇险峰东南美，独领风骚数天骄”。金龟石、蛤蟆石、高山矮林等景观令人醉心不已。因曾是军事禁区，现仍保留有观察哨所、雷达、守坑遗迹及掩藏军备的地道等。

大面积的原始森林自珍了千万年的神秘和壮美，面纱已缓缓揭开。莽山，已敞开了怀抱，做好了接受世人赞美的准备。

同是在2003年的8月，郴州莽山旅游开发有限责任公司正式注册成立，莽山旅游开始企业化、市场化运营。甫一踏上旅游开发之路的莽山人，就面临着两大难题。

一是钱。

到2003年底，林管局用于森林公园开发建设的资金，已累计投入近7000万元，无力继续注资。1976年出生的成军，如今是莽山旅游开发有限责任公司总经理，当年参与莽山早期旅游开发时还是个二十出头的年轻小伙。他清楚地记得，当时付完必要的款项之后一算账，“公司账面上还剩下1万块钱”。

企业运转，人员开支，宣传推广……哪样不需要钱，钱又从哪来？

二是人。

外地人大多只知道这里有独一无二的莽山烙铁头蛇，而养在深闺的美景声名不显。森林公园做规划时设定的最大日环境容量为5700人，最大日游客容量3100人，年游客容量为80万人次，在寥寥游客面前，无异于天文数字。

“现在回过头看，当时搞旅游开发，不说举步维艰，也是困难重重。”漫漫征途才刚刚开始，成军对莽山旅游起步阶段的印象记忆犹新。

更为雪上加霜的是，始于2002年底的“非典”在2003年上半年扩散到全国大部分地区，旅游市场低迷，新开发的莽山旅游想从中分得一杯羹，谈何容易。

缺资金，缺游客，是两个问题，但归根结底都在游客数量上。只要莽山名气打出去，游客自然而然就来了。有了源源不断的客流量，一切问题都可以迎刃而解。

如何破局，找准受众群体是关键。

作为山岳型旅游景点，莽山风光即使再独特，再有自己的风格，对身处内陆的游客来说，吸引力肯定是要打折扣的。但高耸的群山、幽深的峡谷和延绵的云海，对沿海一带的人来说却有着不一样的体验。

景区资源决定市场定位。2003年，“非典”阴霾褪去后，莽山旅游开发公司派出队伍前往珠三角地区推介莽山。成军回忆起当时的情景，用了四个字：有笑有泪。

当时团队里的男性工作人员，几乎人人扛着一大袋莽山编印的宣传资料南下，在广州、佛山、深圳、珠海等几个城市热闹的大街上，开始“地毯式扫街”，一对一、面对面地向路人推广莽山。

“地推”模式必须面临的窘境和困难，工作人员几乎尝了个遍。

年轻人脸皮薄、面子浅，大庭广众之下一开口就脸红，说话也是细声细气，说不出的扭捏。好不容易鼓起勇气凑到人前，来人却看都不看一眼就径直走了过去，留下一地的尴尬。当然，更多的人则是接过宣传单，漫不经心地看看然后转身就走。一旦有人感兴趣停了下来，工作人员便如获至宝一般，使出浑身解数，化身讲解员、推销员，口若悬河，滔滔不绝，恨不得把莽山的所有美景一股脑地描述出来。

大家都没经验，也没时间气馁，受了委屈也只能咬咬牙，互相打气。三个一群、五个一伙抱团出击，慢慢地胆子大了，“豁得出去了”，就开始单兵作战，见人就发，逢人就喊，逐渐摸出了门道，懂得了如何“看碟下菜”，精准找到目标人群。

最原始的办法，往往也是最奏效的。靠着“一本册子一张嘴，走街串巷两条腿”，莽山旅游人用“笨”办法，在外地游客面前掀开了莽山的盖头。

正是因为这个办法，莽山最早的外地游客中，广东游客占了绝大多数。并且，这个传统也延续至今。如今莽山各景区如织的游人里，来自广东的为数不少，除了地利之便，当初旅游推广第一站选在广东，聚集了不少忠实游客“粉丝”，再加上莽山景观有口皆碑，一山之隔的广东游客每年来此也就不足为奇了。

莽山旅游人也懂得“借势扬名”。

莽山主打原始生态观光旅游，却鲜少为外人所知，有质无势，有实无名。彼时与莽山在内涵、性质上相似的旅游景区，名气最大的当数西双版纳。于是，向有势借势，向有名借名，“第二西双版纳”的称号就这样传开了。

而山岳旅游，国内最具代表、最广为人知的就是“五岳”，那就集五岳之特点于一身，所以就有了莽山兼具泰山之雄伟、黄山之险

莽山森林温泉酒店◎刘付火炬 摄

峻、衡山之云雾、庐山之巨瀑、峨眉山之清凉，额外还加上张家界之奇异。

他们丝毫都不担心游客因为这个称号来莽山会大失所望。相反，这天造地设的莽山奇景，景致绝佳、风光无限、处处入画、韵味无穷，堪称人间奇观，绝对会让游客们相逢恨晚。

莽山的知名度，一点点打开了。许多人是通过一条蛇知道莽山的，但越来越多的人是因为流连这里的山水而喜欢上了莽山。

在当年年底，莽栏主线公路水泥路面竣工通车。泽子坪至郴州大巴、坪坑至宜章大巴、枞树坝至宜章大巴、茅庵至宜章大巴、茅庵至郴州大巴、茅庵至一六中巴均如期开通，宜章县、周边县和郴州市的游客乘车更为舒适快捷。不少距莽山较近的游客，也是直到这些巴士线路开通，交通便利之后，才第一次来看一看家门口的风景。

游客一天天多了起来，寂静多年的莽山，有了更多的造访者。景区的建设，也一步步完善起来，朝着一个成熟的风景名胜区进发。

吃和住，是留住旅客的一个重要因素。在加速景区推广的同时，公园内食宿配套建设也加快建成落地。

2003年年底前，莽山森林公园内投入使用的床位达403个，所有房间设施均达星级的中档水平，清洁卫生、用电用水、电视电话、饮食就餐、安全保卫等方面均达到基本要求，因气温特征无须安装冷暖空调。其中，林泽湖（130个）、大塘坑（56个）、茅庵（217个）住宿均按初期规划游客人数足量建设床位，游客中心所在的枞树坝400个床位也即将完工，待建成后，合计超800个床位，基本上能满足景区旺季来客需求。

20年前，随着旅游的带动，购物中心在莽山茅庵老街逐步形成，游客在各景区的急需生活用品，均可就地在各小型商铺购买，饮料、

莽山乐水山酒店

莽山天沅大酒店

莽山大酒店

莽山瑶溪谷街区◎刘付火炬 摄

周洁纯 摄

邓加亮 摄

水果、包装食品等都有个体户供货上山。莽山特色商品店也很快建成，出售莽山特色根雕工艺品、竹编工艺品、山货食杂品、盆景花卉等。

民以食为天，旅游餐饮问题也得到同步解决。

景区内有近20家餐馆开业，能同时接待2000余人进餐。其中接待能力较大的莽山森林宾馆、林海山庄等，擅长以湘菜、粤菜、川菜为特色，让游客既能品味当地特色美食，又能吃到家乡风味。

莽山周边百姓也看到了商机，农家乐如雨后春笋涌现。农家乐主要以农家自己生产的菜肴待客，菜蔬随季节改变而不同，春季以野生采集的蕨芽及各种笋为主；夏季以四月豆、黄瓜等为主；秋季以辣椒、茄子、豆角等为主；冬季以白菜、青菜、萝卜等为主；冬春季交替时节为淡季，但也有地产菜或广东贩入的早季菜或大棚反季菜供应，保证了淡季的菜品丰富度。农家乐菜蔬新鲜可口，且无药害污染，让久居都市的游客赞不绝口。

莽山当地待客上品菜肴“天荷芋杆焖仔鸭”（将仔鸭切成小块用茶油炒至水干后，再将天荷芋杆鲜切片，仔姜丝、红辣椒丝加调料合炒熟，加适量水焖烂鸭肉即可），更是让游客们食指大动。

独具莽山风情的食品是来莽山游客必点的。最盛名的是酿油炸豆腐，将方块白豆腐在油锅上炸成外表黄皮后，再将各种肉泥佐料酿入豆腐腹中焖熟即成，色香味俱佳，几乎成为所有游客的必尝菜品。另一种豆腐——魔芋豆腐，将魔芋磨成浓浆再加碱煮制成灰色韧性豆腐团砣，再切成小体板块，将各种肉泥佐料酿入豆腐腹中焖熟，或将成品豆腐切成薄片，合肉丝酸辣椒烩炒，一菜可两吃，受欢迎程度和酿油炸豆腐不相上下。当地瑶民在冬天制作的“烟熏肉”也倍受游客青睐：将大块猪腿肉用盐腌半月后，用牛皮纸包好挂于柴火灶眼上方，用火尾烟熏烘烤数月而成。肉面呈黄黑色，里肉呈粉红色，切片后异香扑鼻。配适量鲜菇、木耳、腌辣椒等肴料烩炒，是一道肉质脆嫩、味道香酸的瑶家佐膳精品。

莽山因莽山烙铁头蛇而闻名在外，所以不少慕名而来的游客就餐时会点上一壶当地的“蛇酒”。所谓“蛇酒”，当然不可能用莽山烙铁头蛇制作，而是用莽山上的非保护蛇类配以滋补或祛风湿的中药材，在密封缸中用高浓度（50度以上）酒浸泡半年以上食用，有强身健体、滋阴补肾、祛风寒等作用。由于烙铁头蛇名声在外，“蛇酒”也跟着水涨船高，经常出现供不应求的现象。

二

良好的开头，让莽山旅游人看到了希望。但作为旅游业的后起之秀，莽山的成绩与预期仍差距不小，单是规划初期的景区环境容量、游客容量也远未达到饱和。

游客，始终是衡量景区成绩的重要的指标之一。如何才能吸引更多的游客，是莽山旅游人亟须解决的难题。而游客的数量，又与景区的名气成正比。要进一步提升莽山的名气，依托出彩的、令人印象深刻的活动是最易见效的办法。

举办什么活动，人人出点子，个个想办法。

2004年秋，受前一年“非典”影响而推迟举办的“郴州（莽山）生态旅游节暨湖南旅游节闭幕式”在莽山举行。

这是莽山第一次举办旅游节，全局上下都动了起来。林管局成立了生态旅游节工作指挥部，由时任林管局党委书记龙灵英任顾问，时任局长邓少林任指挥长，其他局领导分别任副指挥长；普通职工也积

在莽山举办的系列文旅活动（资料图）

极参与到活动中，争相为推介莽山尽一份力。

湖南旅游节闭幕式组委会也特意将三大主体活动设在莽山。闭幕式上，“中国原始生态第一山”开山大典吸引了无数人眼球：138米高的将军峰上覆盖着一匹4万平方米的红绸，“开山令”一发，8个特大牛角号同鸣，12面巨鼓齐擂，红绸徐徐上翻，蔚为壮观。白色喷雾和彩色气球下瀑布如龙，轰隆震耳。这场来自大自然的视听盛宴，通过媒体传播让更多人知道了莽山以及这里的壮美。

生态旅游节的效果是明显的，举办旅游节成了宣传莽山、推广莽山的一项常规活动。自2004年后，莽山的旅游节内涵越来越丰富，规格也越办越高。

2010年，“红色宜章·壮美莽山”中国（湖南）红色旅游文化节成功举办，用“红色记忆”“红色传承”“红色飞扬”三个篇章，重谱宜章红色文化新篇章，也串联起了湘鄂粤三省的红色新时代。

2018年，围绕“郴州森呼吸，山水氧天下”主题，莽山中国（广州）森林旅游节采用高科技“音、画、演、动”，演绎了莽山的森林秘境与康养之旅。南方卫视、中国旅游报、南方都市报、新华网、中新社等十余家主流媒体的宣传推介，进一步打开了莽山在旅游市场的知名度。

2019年，在“锦绣潇湘·别样郴州·湘粤莽山”中国湖南国际文化旅游节（莽山）开幕式上，来自国内外的嘉宾齐聚莽山。这届兼具国际性、高端性、开放性、多彩性的旅游节，使莽山走上了国际舞台。莽山森林美食宴、莽山森林音乐会等特色节目，把莽山神秘而独特的瑶族风情和人文文化传到了世界各地。莽山“全球热恋”、“湘港”专列游莽山、千名好人登莽山等活动，让更多人体验到了醉美莽山的生态之旅、红色之旅、温泉之旅、研学之旅。

新冠疫情期间，莽山将旅游节搬到了线上。莽山的壮美、神秘，通过亿万块小小的手机屏幕传播，出现在热搜的榜单上，出现在刷屏的朋友圈里，出现在自媒体、短视频这几年最火的媒介里……2022年春节档口碑票房双丰收的《流浪地球2》，更是让莽山一夜爆红。

“原始森林”“高含量负离子”“绿色生态体验”三个关键词，是莽山举办旅游节绕不开的注脚，也是莽山旅游节吸引力越来越大、体验感越来越好的信心之源。

除常态的旅游节之外，莽山一年一度的高山杜鹃花节已连续举办了十六届，也成了一个特色品牌。

燕子岩山顶风光◎钟山 摄

如果说莽山旅游节是浓墨重彩的鸿篇巨制，那杜鹃花节就是清新隽永的散文诗。

杜鹃花在中国有17属650种左右，高山杜鹃是其中的一个大类，高可达3米，花冠硕大、伞形花序、颜色丰富，有红、黄、紫、白及各种过渡色，花期在四至六月份。四季常绿、极耐寒而且也耐热的高山杜鹃原种的七成源于我国，是我国十大名花之一。历来诗人极为喜爱杜鹃，尤以白居易为甚，他曾写诗赞道："闲折两枝持在手，细看不似人间有。花中此物是西施，芙蓉芍药皆嫫母。"100多年以前，英国植物学家在我国的西藏、四川、云南发现高山杜鹃，并将其引入

欧洲。来自东方的花儿株形优美、花色艳丽，迅速在西方世界刮起旋风。欧洲人特意花了上百年时间，用中国杜鹃的原种与欧美的品种杂交培育出了众多栽培品种。在国外，高山杜鹃身价陡增，成了贵族花卉。在欧洲几乎所有的花园里，都栽植有高山杜鹃，没有高山杜鹃甚至不能称其为园。

莽山是我国华南地区杜鹃花资源最为集中、种群状态最为原始、原生杜鹃林最多的区域。每年自四月起，莽山就变成了花的世界，漫山遍野绽放的杜鹃花，在青翠群山之间撑起了属于自己的美艳小天地。特别是天台山一带，绵延十余里的杜鹃花海更是华南地区乃至我国的一大奇观，徜徉其间如梦似幻。世界上杜鹃花属植物共有5个亚属，莽山目前已发现的杜鹃花共43种，占了4个亚属。其中，湖南杜鹃、涧上杜鹃、湖广杜鹃为莽山特有品种。由于海拔高差不同，莽山杜鹃花花期漫长，从低海拔到高海拔各种杜鹃花次第绽放，花期长达3个月，“人间四月芳菲尽，莽山杜鹃始盛开”。

四月秀葽，五月鸣蜩，醉美杜鹃，俏也争春。

2008年初，莽山遭受百年不遇的特大冰灾，森林遭受极大破坏。这场破坏力巨大的自然灾害，让莽山看到了进行群众科普的契机，也给莽山旅游带来了灵感。

冰灾过后，莽山的花草树木都有不同程度的毁败断损，但高山杜鹃却挺过了冻雨冰雪考验，顽强地生存下来。2008年，为了提振旅游信心，莽山国家森林公园以“欣赏冰后杜鹃，感受原始生态”为主题，成功举办了首届“中国郴州高山杜鹃花节”，向世人展示了高山杜鹃花特有的魅力。

2010年4月，莽山第三届高山杜鹃花节与中国湖南第二届杜鹃花节合二为一举办，活动在“壮美莽山，春之交响”音乐会中拉开序幕。湖南交响乐团的杜鹃题材音乐表演演绎了杜鹃花节的忠贞和热烈，高雅音乐声中，现场唱杜鹃、赏杜鹃如痴如醉，森林公园文化建设品牌得到再一次彰显。“大美中华，爱我莽山”——中华杜鹃欣赏、莽山杜鹃摄影活动以及港、澳、台三地媒体采风，艺术家们拍杜鹃、赏杜鹃、写杜鹃、画杜鹃。十名来自湖南、广东两省姓杜名鹃的“花仙子”和七对新婚夫妇参加了此次高山杜鹃花节，更添趣味和温馨。

成军见证了历届高山杜鹃花节的全过程。也只有他更清楚，明艳的花儿，浸透了怎样的艰辛和汗水。不说节会前的筹备工作、过程中各项的繁杂琐事，光是确定每一届的主题，就足以让他们绞尽脑汁。主题最长不超过二十个字，且必须精心提炼字句，既能体现莽山旅游的特点、优势，又要新颖独特，不与往届重复。

亮眼、点睛的高山杜鹃花节主题，是莽山旅游人从这青山绿水之间得来的智慧。

2011年5月，第四届高山杜鹃花节主打瑶族风情，以“鼓”“花”“民俗”文化为主题，开幕式上，在近4000名游客与来自广东、湖南、江西的主要旅行商、主流媒体以及省市相关部门领导的见证下，一场“君临莽山，鼓动天下”文艺演出奏响了湘粤鄂红色旅游联盟百校大学生夏令营活动、全国首届李自成归隐莽山史迹研讨会、珠江漂流、科考自驾游等五大主题活动的序曲。其中，莽山瑶族赛鼓和全国首届李自成归隐莽山史迹研讨会，因为神秘而成了杜鹃花节的亮点，吸引了不少目光。

2013年5月，“祈福莽山观花海、沐浴温泉享生态”成为第六届高山杜鹃花节的主题。以花为媒，以节会友，原始生态下，美丽的高山杜鹃化身春夏之交高山上的向导，带游客们领略原始的生态风光，感受古朴的瑶族风情。

到了2015年的第八届高山杜鹃花节，另辟蹊径的“云端莽山，花醉宜章”成了这一届的主题。开幕式上，手机摄影大赛、世界最大蕨根粑世界纪录认证、莽山旅游战略合作伙伴授牌、直升机“空中观花海”等活动掀起了一阵阵高潮。尤其是莽山蕨根粑，经央视的美食节目《舌尖上的中国》传播后广为人知，众人怀着好奇心争相品尝。瑶家美食节、“三八”丽人行莽山旅游月、“花海寻踪，低碳莽山”自驾游、“赏花泡泉，舞韵莽山”主题游、“采茶祈福”主题游等六大主题活动，从形式和内容上令人耳目一新，沉浸式游玩莽山取得了意想不到的成功。

2016年，第九届高山杜鹃花节一改往届的举办方式，由郴州莽山景区和郴州电视台承办，采用政府引导、企业主导、市场运作的模式，围绕“山花怒放，大美莽山”的主题，以“小规模适度推出，讲究高层次；高规格精心策划，追求新创意；大宣传广泛推介，提高知名度”为原则，推出了“最美郴之星”郴州市首届选美大赛、瑶家门板宴、瑶族篝火音乐节和“赏花泡泉、生态莽山”自驾游等15大主题活动。在怒放的高山杜鹃花丛中，有声有色、丰富多彩的活动将莽山原始森林的奇特风光和瑶族特色的传统习俗深度融合。在这届杜鹃花节上，高歌猛进的莽山旅游定下了用三到五年打造“国际知名，国内一流”景区的目标。

杜鹃花节又得天时之便，恰好搭上国内五一小长假的顺风车，如清风般吹进了游客心间。一年一年、一届一届的高山杜鹃花节办下来，30万亩原始森林中四处可见的小花成了莽山的一个鲜艳的标签、一个醒目的符号。在莽山“生态观光、休闲度假”的大背景下成了无数游客心中的一抹丽色。

莽山的名气与日俱增，旅游收入、游客人数逐年快速上升。莽山的发展不仅让林管局职工体会到收获感与幸福感，周边的乡镇也跟着沾光。旅游开发吸纳了1000多名社区居民就业，并带动乡村旅游、农家乐、民宿等产业逐渐兴起。2018年，保护区全面参与宜章县脱贫攻坚战略，100多名干部职工与周边3个乡镇268户贫困户结对帮扶，实现258户脱贫。

林管局先后投入100多万元，支持贫困村架桥修路、开办公益事业等，获得社会各界的高度赞誉，社区原住民对生态保护工作的认同度与参与度大幅提升，“绿水青山就是金山银山”理念更加深入人心。

但成军心里紧绷着的弦，并没有因为莽山旅游的快速发展而松下来。基础设施的持续完善，解决了以往游客“进不来、游不通、留不住”的难题；景区的升级改造，改变了以前游客“不来时想来，来了不想来”的心理。然而旅游业新形势必定带来新问题，小问题也能质变成大问题。

进步和发展，本就是诞生在不断解决新问题的过程中。

对于旅游，成军一直都看得很清，“这是一个最讲市场的行业，游客来就来，不来就不来，没有什么手段可以干涉。”而随着全国整体旅游业的快速发展，大部分景区同质化现象越来越严重。在高铁、飞机等交通工具让“千里一日还”早就变成了可能的当下，人们出行的速度和效率大大提高，距离不再是旅游出行所考虑的最大问题，而景致的差异化和服务的优质化就成了各景区一决高下的杀手锏。

市场是残酷的，既分胜负，也决生死。

景区的基本面貌是天赐的，人工只能修改细节，难以凭空生造。就莽山而言，四面环伺的北有神农架、南有罗浮山、东有武功山、西

林 海 莽 莽
ART AMONG THE MOUNTAINS
2022.09.20
10:00 — 14:00
莽山
森林
大地艺术节
成果展
暨莽山森林艺术云市集
主办单位：宜章县人民政府
承办单位：莽山国有林业管理局

莽山文旅活动海报

有梵净山，就连省内也有张家界等老牌景区在你追我赶。要突围而出，只能在服务质量上下功夫。

莽山林管局原本是专事森工采伐的事业单位，旅游从业人员的心理、心态大多经历了一个微妙的转变过程。尤其是近年来，1200多名职工中，离退休人员占了四成，且在职在岗职工年龄普遍偏高，平均年龄超过了45岁。莽山半路进入旅游赛道并站稳脚跟虽然可圈可点，但在竞争越来越激烈的旅游市场，不思改变的结果可想而知。

成军的担忧，在很大程度上和莽山旅游的服务质量相关。

疫情防控期间，除了采取送票、免票等措施促成各商户正常营业，保持景区活跃度，维持莽山曝光率之外，成军的心思全扑在了职工培训上。从最基本的待客礼仪开始，事无巨细，小错必纠，一堂系统的旅游从业人员培训大课程在莽山各个景点全面铺开。

此外，成军还大胆引进社会服务，竭力填补服务质量的一切空白。

努力和辛苦没有白费。等到疫情散尽，春暖花开之日，憋了三年的游客爆发式涌入，莽山过硬的优质服务经受住了一轮轮的考验。

早在2014年，莽山举办第七届高山杜鹃花节，成军接受记者采访时说了这样一段话："莽山杜鹃花节整个的主题活动都是围绕莽山的生态资源、瑶山文化资源、美食资源、温泉、碧水来展开，主要是为了打造一个生态型的莽山旅游大产业格局。"

是的，必须形成莽山旅游大产业格局。对于莽山旅游的未来，成军一直都在思考、探索，怎样利用莽山的地域特色、资源特色来真正形成自身特色，在他心里，其实早就描绘了一幅蓝图，那就是发展大莽山旅游。

那么，何谓大？

并不是要追求体量大。如今，莽山森林覆盖率高达99%以上，仍有保护完好的原始森林10万亩；栖息着356种野生动物，其中国家二级以上保护野生动物40种；生长着222种蕨类植物、2180种维管束植物，其中国家二级以上保护植物有南方红豆杉、伯乐树、莼菜等19种。连续20多年无森林火灾，杜绝了盗伐盗猎行为。莽山的体量，朝着正常的、健康的、有序的方向良性发展。

真正的大莽山旅游，是融入了莽山地域符号、瑶族特色、文化积淀的多元化、多层次的旅游模式，是旅游产业链不断延伸、扩展，将莽山旅游发展与周边乡村振兴同频共振、和谐统一的集群生态。在发展途径上，将探索并践行“政府支撑公共管理与公共服务、经营者投资核心产品、原住民积极参与社会分工”的发展模式，最终形成共生共荣、多方共赢的良好格局。

实现这张蓝图，必然是一个长期的过程。比如现有的莽山文化，要形成与旅游相得益彰的深厚文化底蕴，绝非朝夕之功，不经过累代的传播和传承，也只会是无根之木，一时表面繁荣，终究反受其噬。

不求毕其功于一役，万事都有一个建设过程。蓝图，需要一笔一画地添。

“产品共推、市场共拓、利益共享”，是成军绘就的维系大旅游初期格局的纽带。

2020年之前，莽山旅游开发有限责任公司牵头已成立莽山旅游协会，陆续吸纳了50多家行业会员加入。成立行业协会的初衷，是为了凝聚莽山旅游行业智慧，打造莽山旅游全产业链，构建莽山旅游新格局。

改变以往各家单打独斗的局面，必须拧成一股绳。协会首先要做的就是“把所有人的思想朝旅游上靠”。心往一处想，才能劲往一处使。

金鞭神柱◎邓加亮　摄

即将投入使用的莽山无障碍旅游设施——天台山户外扶手电梯◎刘付火炬 摄

而转变他人的思想何其难！在三年新冠疫情期间，莽山旅游的发展势头多次骤然按下暂停键，景区不少商户受到冲击，惨淡经营，甚至无奈退场。因疫情原因，莽山游客数量断崖式下降。成军回忆，日游客量不过百是常有的事，“酒店、餐饮商家平均每家分不到一个（游客）”，市场低迷，不少商家宁愿关门，“那样至少亏得少一点”。

大环境之下，景区大门敞开，少部分商家歇业，可以视为正常现象。但成军不这么想，景区的服务质量代表着形象，“游客选择进哪家店是随机的，走到关门的店，心里怎么想？”

他召集所有商户开了好几次会，讲清利害关系。道理很简单，大家都懂，但在现实处境面前难免有心无力。成军当场表了态，做出两个承诺：一是减免商户租金，二是将林管局名下酒店、餐饮客源全部引流到其他商户。

在这样的决心和诚意之下，整个疫情期间，莽山景区商户开业率始终维持在一个较高水平。游客无论什么时候来到莽山，都能享受到和正常时期相同的体验。

对于景区建设的设想和规划，成军是清醒的。

2019年，莽山以《关于建立以国家公园为主体的自然保护地体系的指导意见》为指导，一方面，全面排查、整改保护区所有开发建设行为，强力整治各类违法违规经营项目，制定了“史上最严”的政策，即一旦发现违规建设活动，所属辖区的主要负责人一律就地免职。

另一方面，积极探索新的绿色发展模式，制订出台了《湖南莽山国家级自然保护区科普教育三年行动计划》，推动旅游产业由单一的观光游览向森林康养、自然体验、科普教育方向转型。在发展空间上，保护区力求突破实验区集中开发的局限，将配套服务设施移出保护区，形成“资源核心吸引、外部多点服务”的发展格局。

这正与他心中坚持的“建设避免城市化”“生态旅游走向大旅游”的理念不谋而合。

成军从小呼吸着莽山的空气长大，他的父亲在莽山的高坡上砍过树，母亲参与了莽山水电站的建设。看着手中的接力棒，他的想法很简单——不能让父辈们创下的基业到他这一代毁了。

第七章

周洁纯 摄

乐游记

LE YOU JI

莽山得天独厚的旅游资源，让这里成了『网红』打卡地。

二

2017年1月12日上午，宜章县与中景信旅游投资开发集团有限公司签订《莽山文化旅游开发项目合作协议》，莽山旅游产业真正走向专业化、市场化的新路径。

2017年3月，莽山五指峰景区基础建设动工，2019年国庆期间，全国首家无障碍山岳型旅游景区如期开园，为共和国70周年华诞献上一份独特的礼物。

栈道舒适平整，坡度平缓。在全球最先进的自动化控制系统加持下，3700米长的索道、140米高的摩天岭电梯、120米高的小天台电梯和50多米长的自动扶梯运转自如，将景区上下两条栈道连接起来，形成无障碍游览环线。

无障碍旅游，从概念到落地五指峰，仅历时31个月。五指峰景区的成功打造，不仅进一步拓宽了莽山森林旅游的发展空间，更让整个景区变得更加温情，充满了人文关怀。

李红芳因患小儿麻痹症无法正常行走，被景区“无障碍旅游”的宣传吸引，国庆假期间在家人的陪同下来到了莽山五指峰景区。坐上景区提供的轮椅，在景区安排的专人陪护下，34岁的李红芳平生第一次畅行在离地一千多米的山间栈道。在海拔1600多米的“望粤台”，

周洁纯 摄

看着远处延绵的青山，谷底嶙峋的峰林，她激动得两眼泛红。她说，以前根本也不敢想，这辈子还能登上高山。

登上五指峰景区的老年游客数量，也远超其他同类型景区。许多白发苍苍的游客，攀上海拔1600多米的高山，轻松得“就像在公园里散步一样”。

2021年，中景信集团副总经理、宜章莽山景区旅游开发有限公司总经理许卫军接受媒体采访时说了一组数据：“无障碍体系试营业以来，老年人占游客总数的20%左右，已接待了1100多名‘轮友’，轮椅大巴团也越来越多。”

把莽山五指峰打造成无障碍景区是中景信集团在山岳旅游开发生涯中的神来一笔。当时的中景信集团，不仅拥有中信产业基金强大的资金支持，还聚集了一批在国内景区建设、管理及营销方面的操盘手，在山岳型、古镇型景区及歌舞演艺、基础设施建设等方面都有不少成功的案例，河北涞源白石山风景区、河北武安东太行风景区、湖南通道万佛山·侗寨风景区、张家口蔚县暖泉古镇等近年来的热门景区，都是出自中景信集团的大手笔。

得到宜章招商引资的消息后，中景信集团派人前来实地考察调研，被莽山丰富的旅游资源打动，更让他们惊讶的是，这里是中国现今最南的雪线，气候适宜，全年有两百多天气温维持在20多摄氏度，冬天不冷，夏天不热，可以全年经营。在与宜章县签订合作协议之后，集团副董事长、总经理黎志亲自来到莽山做景区建设规划。

莽山得天独厚的旅游资源，让一向眼光独特的黎志坚信，这里将是国内又一个爆火的景区。黎志是国内山岳型景观策划操盘的顶级专家，有过不少经典案例，对如何将莽山五指峰打造成不同于其他的山岳型景区，他做了好几版方案，却始终不尽如人意。

中景信集团不仅拥有高效专业的景区开发运营团队，更有中国旅游界一批德高望重的领导和专家担任顾问，为公司业务发展献计献策。黎志举棋不定之际，恰逢世界旅游城市联合会首席专家、中国旅游协会旅游休闲协会会长魏小安等人应邀前来指导景区建设。魏小安转了一圈后，提出一个建议——把五指峰打造成无障碍景区。

策划团队顿觉眼前一亮，茅塞顿开。

对中国老百姓而言，旅游几乎可以和“游山玩水”画等号。另据统计，在国家级风景名胜区中，山岳型景区几乎占据了半壁江山。山岳型景区地形地貌复杂，有效游览空间狭小，虽然大多数知名景区均已修建了登山索道，但核心景区的游步道基本是依着山体修建，坡度大，轮椅无法长距离通行，令老年人、残疾人和带幼儿出行的游客望而却步。

中国已成为世界上老年人口最多的国家，人口老龄化趋势严重，也是今后较长一段时期我国的基本国情。另据全国残联的统计数据显示，我国残疾人数量在8000万以上。他们甚至比其他人更向往诗与远方，但因为年龄、身体的原因，无法如愿以偿。

但是，五指峰建设无障碍景区初期，在国内甚至全世界都找不到可以借鉴的案例，没有现成的规范和标准可以参照。而且，山岳型景区的无障碍体系建设难题多、技术复杂、投资巨大、有不少景区也想建设无障碍体系，但心有余而力不足。

中景信集团决心在莽山五指峰打造出第一个无障碍景区。

山岳型景区的建设核心，在于游步道（栈道）的打造。栈道能否在不同的视角展现出山岳的最大魅力，直接关系到游客的观景体验，是一个景区成败的关键。再将游步道（栈道）纳入无障碍体系，还要考虑到无障碍通行的便利性。这就意味着游步道必须同时满足完美的

黄小国　摄

观景路线和平缓的栈道坡度这两个特征，如何在二者之间取得最佳、最准确的平均值，就显得至关重要了。

宜章莽山景区旅游开发有限公司副总经理方军还记得，年近七旬的黎总第一次来莽山时，带了帐篷登上山顶。在山顶转悠了好几天，却发现看不到太多的景观，全盘规划也就无从做起。黎志无奈下了山。景点设在哪里才能体现最佳效果？栈道沿着哪条线走才能最大程度地观赏到全部景点？这些问题不实地勘测他放心不下。

后来不知是谁想了个土办法，找来一个结实的筐子让黎志坐了进去，再让山顶的人用绳子吊着筐子缓缓上下左右移动。在绳子牵引、拉升的过程中，黎志用对讲机指挥山顶把他移到想去的观测点，端着望远镜仔细观察，一一记录栈道和景点的可行位置。

那段时间，方军看到黎总频繁地来到工地，前前后后不下十次，每次来都会待上四五天。坐在晃晃悠悠的筐里，黎志最终确定了上、中、下三条栈道的绝佳线路和数十个景点的最佳位置。

中景信旗下的栈道团队是国内最专业、技术最全面的栈道设计施工团队之一。在栈道修建过程中，如何在确保安全性能的前提下不影响、不破坏生态环境，最大限度地提升游客观景体验，成了栈道施工团队面临的巨大考验。

方军印象深刻的有两件事，分别发生在建中线栈道和上线栈道的施工过程中。

一是在建中线栈道时，遇到一块巨石挡住了施工线路。巨石靠在山体一侧，底下间隙太窄，无法过人，更无法植入栈道。工人们犯了难：将如此重量的石头直接推下山谷肯定不行，既会破坏生态环境，甚至可能损坏山体，造成严重事故；敲碎石头运下山去又费时费力，耽误工期。最后有人提议，把石头扶正了再移到悬崖边上，或许还能无心插柳成为一个景点。该建议得到采纳，中景信多花了几十万元重新布置，又给石头命名为“醒石”，还真成了五指峰景区的一个网红打卡点。

另一件事发生在上线栈道的施工路线上，当栈道修到“金鞭神柱”景点附近时，施工方发现，“金鞭神柱”附近的山体正好凸出，如果栈道继续贴着山而行，势必会影响游客的观景体验和摄影的成片效果。经过慎重考虑，哪怕是付出更多的人力和预算，他们决定将凸出部位凿穿，让栈道穿山而过，把这处著名景点最好的观赏效果展现出来。事实证明，栈道建好后，此处成了绝妙观景之地，但见一片莽莽之中神柱问天，绝壁如削、山石嶙峋，整个画面刚劲和谐。当初多花的工时和代价，总算没有白费。

黎志最初规划的栈道有上、中、下三条，后因工期、游客量等客观原因，五指峰景区先期建成中、上两条栈道，下线栈道有待后续开发。

2019年10月，经过精心设计，匠心打造的五指峰云间栈道横空出世。两条栈道全长7.8公里，一上一下如两条玉龙盘山，游客走完全程，即可将莽山“奇松、怪石、云海、杜鹃”四绝尽收眼底。

来自上海残联的旅行团慕名而来，成为五指峰接待的第一个成规模的残障人士旅行团。这些一辈子都没上过山的游客兴奋之情溢于言表，在景区工作人员的帮助和陪同下，完成了以前想都不敢想的心愿。

没过多久，上海残联第二批旅游团又来到莽山，同时还为景区送来了几面锦旗。

一时间，五指峰景区无障碍通行的畅快以及凌空千米观景的快意，吸引了不少游客前往，五指峰景区的知名度和热度与日俱增。

然而，2019年底，新冠疫情来袭，五指峰的火爆势头戛然而止。

三年疫情防控期间，游客人数骤减，景区适时推出了短途游、自驾游。宜章县委、县政府也通过发放旅游代金券等形势助力景区共渡难关。

即便游客人数少，景区也没有松懈下来。除了维持基本的曝光度，还组织了培训，并对景区进行了完善。

无论什么行业，安全大于天。莽山国家森林公园内五指峰景区的安全，既包括游客人身安全，也要保证生态安全。莽山地形复杂，30万亩原始森林森林形成了局部小气候，尤其是夏季多暴雨，容易引发山洪。因此，景区每天开园之前会安排专人巡查，一切正常才能开门运营。为了安全，景区还坚决禁止员工带病上岗。

做好森林防火工作也是景区日常工作中极为重要的一环。工作人员上班前必须检查，哪怕烟瘾再大，也绝对不能带烟和打火机上岗。

建设景区无障碍体系，五指峰是业内“第一个吃螃蟹”的，没有范例可参照，也没有标准可参考，只能因地制宜，摸索前进。这个过程无可避免地会多走弯路、付出更多的代价。景区最初安装的多台爬楼机是楼宇用的爬楼机，虽然游客能用，但轮椅上不去，不得已只能舍弃，数百万元就这样打了水漂。后来，在中国残联和国

周洁纯 摄

莽山五指峰景区登山索道◎周洁纯 摄

内无障碍建设专家建议下，景区借鉴机场、地铁站等局部无障碍体系的方案，这才建成了目前的运行系统，让腿脚不便的游客“坐”着登山不再是梦想。

2020年10月，中国肢残人协会在莽山景区组织召开了无障碍设施建设与改造工程检查验收现场会。专家组认为，如此大规模的山岳型景区无障碍建设，在国内外都没有先例，“莽山景区在无障碍建设方面的探索对我国其他山岳型景区无障碍建设与改造具有重要的借鉴指导意义”。

专家组组长、住建部无障碍专家委员会顾问吕小泉对五指峰景区

莽山五指峰景区摩天岭垂直电梯◎周洁纯 摄

的无障碍体系赞叹不已：“我参观的国外地形复杂、海拔超过1000米的山岳型大型景区，都没有建成类似的无障碍设施。”

专家们走在平缓的高空栈道上，领略着莽山奇山秀水的风采。有人感叹，这真是“一座不用爬的山”。

的确，“一座不用爬的山”，这几个字，就印在景区每一位工作人员的制服背后。

景区工作人员有一个无障碍信息通报的微信群，对于老、弱、病、残、孕和婴幼儿等有无障碍游览需求的游客，工作人员都会在群里及时通报，游客每到一个节点，就有人员等在那里按需提供必要的

莽山雾凇◎刘付火炬　摄

无障碍服务。

许卫军说：“无障碍旅游环境建设就是为了今天的爷爷奶奶、明天的爸爸妈妈、后天的我们自己。”

2020年10月26日，首届中国山岳旅游大会暨全国山岳景区无障碍旅游示范推广现场会在宜章举行。中国旅游景区协会、中国肢残人协会，分别授予莽山五指峰景区“全国首家无障碍山岳型旅游景区”和“全国首家无障碍山岳型景区”两项荣誉。

2021年冬天，一场大雪之后，五指峰迎来观雾凇的绝美时刻。工作人员在巡查时发现一株树龄甚老的红豆杉在离根部很近的位置被雪压断，倒在了栈道上，树干有近十米伸出了栈道外。面对这株拦路的国家一级重点保护野生植物，景区立即求助林业专家，请教如何将红豆杉扶正回归原位，再培土保护。第一时间赶到现场的林业专家查看之后，告诉他们，树干虽然折断了一部分，但仍然很茂盛，如果贸然移动，红豆杉可能就真死了。最终，在专家的指导下，景区对树干进行加固处理，那株红豆杉就一直横在那里直到今天。它的根大部分仍扎在山石缝隙里，裸露在外的根须在一年多的日晒雨淋中，变成了苍老的黑褐色。靠近折断部位的树干出现了好几处空心，但它的枝叶仍然青翠欲滴。

二

2005年7月6日，莽山打造的莽山珠江源漂流正式开漂。

珠江源漂流垂直落差136米，是当时国内落差最大的漂流项目，河道全长5公里，漂完全程约需两小时。沿途原始森林密布，风光旖旎，空气清新，是最好的天然氧吧。河水清澈透底，水质优良，有着

“矿泉水冲浪”的美誉。

珠江源漂流，成为郴州市依山托水全力打造生态旅游经济圈的开篇之作。

15年后，莽山的峡谷漂流又一次迎来脱胎换骨的提质升级。

2020年4月10日，王文龙从河南平顶山驱车赶到宜章，跟宜章县政府签订旅游开发合作协议。

王文龙是受邀而来。

宜章县政府发布招商引资公告后，王文龙第一时间与之取得了联系，表达了对莽山漂流的浓厚兴趣——他曾经朋友介绍来莽山考察过一个景区，莽山独特的旅游资源，特别是落差大、水量大、水质好的高山峡谷溪流，让有着丰富漂流开发、运营经验的他印象深刻。

县政府也组织了考察团，前往王文龙在本溪开发的“中国冒险公园”（本溪大峡谷）和他位于平顶山公司总部的演艺及漂流等项目，实地查看后才放了心，双方进入协商阶段。

一方诚意满满，一方兴趣十足，协议谈得很顺利。准备正式签约时，新冠疫情突然暴发，协议就此搁浅了。

“武汉解封”后的第三天，王文龙乘兴而来。

签订协议后，王文龙着手注册了郴州湘豫旅游开发有限公司。“湘”代表湖南，“豫”是河南的简称，“湘豫”谐音“相遇”，他期待并相信和莽山的这次相遇肯定会很精彩。

河道漂流的审批及其烦琐，涉及多个行政部门，需要由质监、食药监、卫生、公安、海事、安监、交通、物价、旅游等相关部门逐项进行资格审查、审批。办好所有审批手续，王文龙花了将近整整一年时间。

在办理审批手续的同时，王文龙把他的专业团队拉到了莽山，马

莽山大峡谷漂流（资料图）

不停蹄地展开前期基础建设。

之前的莽山漂流容载量小，日接待能力只有两三千人次。王文龙的规划是使新的莽山大峡谷漂流项目每日接待能力达到15000人以上，因此需要对河道进行清理和疏浚。这是王文龙团队的拿手活，干起来得心应手、有条不紊。

旧的珠江源漂流河道全长5公里，终点在莽山国家森林公园西门。王文龙计划的新河道长度近10公里，除了原来的上游河段，下游延长到莽山瑶族乡的西岭村。在征地拆迁的过程中，免不了有固执的村民阻拦——这样的事，在王文龙的开发生涯中并不陌生。好在宜章县国土局立即派出了专项小组处理此事，县政府也高度重视，成立了由不同职能部门组成的协调小组，加班加点做工作，进行了多次调解。他们向村民讲法律、讲政策，晓之以理，动之以情。王文龙也当场承诺，基建用工优先从村里招聘，等漂流项目建成后，让出住宿和餐饮生意，为周边的乡亲家门口创业提供便利。

最终，经过各方的共同努力，事情得到圆满解决。

经过这件事，王文龙更觉得和宜章、和莽山的“相遇”是美好的。从这以后，在很多公开场合，王文龙都会操着一口带着河南口音的普通话——“咱们郴州的旅游资源非常好”，他评价当地的营商环境，更是赞不绝口，“在全国也是非常突出的”。

等河道疏浚和土地平整完成后，王文龙决定在河道下游的一块河滩地上划出69亩地建设游客服务中心。游客服务中心还未竣工，漂流所需的审批手续便全部办下来了。

事后，有人问王文龙，万一手续批不下来，不担心前期全部投入打了水漂吗？

“担心，当然担心。但开弓没有回头箭，干就完了。”王文龙可不是鲁莽，1988年出生的他，却有着超过十年的峡谷漂流开发、运营经验，他对莽山这个漂流项目有相当的把握和十足的信心："我们是专业的，资质、手续都合法合规，办下来很正常，办不下来才不正常。"

2021年上半年，莽山大峡谷漂流基础建设全部完工。6月25日正式向公众开放。

全新改造升级的莽山大峡谷漂流项目地理位置优越，毗邻广东乳源、阳山和连州三县（市），距离郴州市、韶关市均为130公里，交通便利，20公里开外便是许广高速、宜连高速S31黄沙出口。

莽山大峡谷漂流打出了"南方第一漂"的口号，这并不是夸大其词。在这里，游客可以体验到南方地区首创的六人同船漂流，从莽山国家森林公园内一路顺流而下，两岸峰峦叠嶂，沿途有25个激流点、18个天然险滩、36道弯及6个水炮戏水潭，莽山的山奇、水秀、林幽、石怪尽皆囊括。蜿蜒的河道，湍急的水流，喷溅的水花，近三个小时的体验让莽山大峡谷漂流的速度与激情更加与众不同。

整个漂流项目全程9.8公里，总落差达298米，拥有5立方米每秒的骇人水量，是目前国内落差最大的漂流项目。"南方第一漂"实至名归。

王文龙信守承诺，游客服务中心只建起了更衣室、洗浴室、卫生间、便利店等基础设施，餐饮、住宿等业务完全交由西岭村的村民自行经营。

西岭村的村民们在游客服务中心附件摆起了小摊，开起了餐馆、民宿。每到漂流旺季，游客服务中心周围就成了一个热闹的小集市，吆喝声此起彼伏，莽山特色的土特产在路边一字排开，延伸好几百米。民宿和餐馆的生意也十分火爆，经常爆满。

莽山大峡谷漂流（资料图）

不仅是让出了餐饮和住宿，莽山大峡谷漂流源头的放船员和两岸沿线的近两百名护漂员，全都是从西岭村以及附近的村子里招募。他们在家门口打工、做生意，离家近，利润也还可观。随着一波波游客在漂流旺季的到来，乡亲们脸上的笑容逐渐和夏天的阳光一样灿烂。

每到漂流季，只要没有特别重要的事，王文龙就会到河道上来回巡查，偶尔客串一下护漂员。莽山地区独特的小气候，让这里的暴雨和山洪比其他地方更加常见，他因此制定了严格的规定：水流过大或过小时都不能开放漂流，确保游客的安全为第一位。

去年的夏季，莽山大峡谷漂流异常火爆，在最旺的那几天，游客甚至在周边订不到房，只能住到莽山西门附近的温泉酒店，继而又把那里的房间占满。附近农家乐和餐馆更是生意爆满，天天幸福地从早忙到晚。

有个放船员家里开了个农家乐，在最忙的时候接到了父亲打来的

莽山大峡谷漂流游客服务中心©刘付火炬 摄

电话，让他赶紧回去炒菜。这个放船员想了想，第二天就辞了职，回家拿起了锅铲和菜刀。

还有一个护漂组长，看到来漂流的游客一天比一天多，上班越来越没心思，最终还是忍不住了，留下一句“我不干了”，火急火燎地也回家开起了农家乐。

至于早上在路边卖早餐，中午来做护漂员、放船员的就更多了。

王文龙怎么也没想到，游客多了，竟然让他有了“用工难”的苦恼。对于辞职的员工，他都是呵呵一笑，工资一分不少，一律无条件放行。

看到周边的乡亲们能在自己的带动下多赚点钱，他乐意。

2021年底，王文龙当上了郴州市人大代表。“既然扎根在这里，就要有点社会担当。”莽山瑶族乡有个教育基金，王文龙二话不说就捐了款；看到乡政府有些设施旧了还没更换，他捐款5万；西岭村村民家里出了大学生，他带上大红包，找到了村委会。

他的想法很简单，自己用莽山的资源和村民的土地做起了漂流，回馈这里是天经地义的。

如今，疫情的阴影已渐行渐远，大峡谷漂流走上了正常轨道，王文龙的莽山水生态综合利用项目也徐徐展开。预计在2023年底，二期、三期项目投入完成后，年客流量50万人次的目标将有很大概率可以实现。

他在游客服务中心后面拿了一大块地，中间有个“小岛”，他计划把那里做成含演艺产业的水上项目。更多的配套设施以及污水处理等问题，还在等着他尽快解决、完善。

“路还长着呢，大峡谷漂流的前景我很看好。”他对一切都充满了信心，“莽山的未来也只会越来越好。”

燕子岩景区◎钟山 摄

三

王文龙初次来莽山考察的那个景区就是燕子岩，经营者为钟山、钟恳父子。

钟山，1963年出生，宜章本地人，2005年经招商引资来到莽山，是最早一批来这里的旅游开发者。其实，钟山来莽山的时间要往更早以前推。当年，他亲自上山探路、踩点，带着工人们一节一节修起了猴王寨、将军寨、天台山等景区最早的游步道。钟山的文化程度不算高，但他自学了大理石雕刻，天赋加上苦练，让他成了远近闻名的雕刻师傅，莽山国家森林公园西大门上精美繁复的石刻，就是出自他手。

虽然出身农家，钟山却有着不错的商业头脑。他早年涉足过不少行业，管理过石材厂，开设了宜章县城第一家打字复印店。尽管在诸

燕子岩景区万福洞◎钟山 摄

多行业中尝试过，哪怕有些行业的收益比较高，他却始终对旅游开发情有独钟。从投资开发莽山的第一条漂流——珠江源漂流起，钟山就再也没有离开过这个行业。

“他对旅游是有情怀的。”对于父亲的执着，钟恳心里很清楚。

钟恳大学学的是会计专业，再通过雅思考试去了悉尼留学，毕业后在国外干起了人像摄影。2012年，钟恳回到国内，在深圳、武汉等城市继续从事自己喜欢的摄影工作。那几年，钟恳的头发和胡子越留越长，俨然是一位艺术家，在圈子里渐渐有了名气，请他出场拍片的薪酬也水涨船高。

然而，就在这一年，他决定回到莽山。

莽山并不是钟恳的老家，但他对这里一点也不陌生。在他的记忆里，父亲在莽山做了多少年旅游，他就在莽山过了多少个寒暑假。作为家中的独子，在父母渐老时选择回归，已经不需要更多的理由。

2016年，钟山父子俩经过考察、对比之后，看中了毗邻莽山瑶族乡的天塘镇天子山自然村燕子岩村的一大片山地，准备承包下来进行生态旅游开发。

拿地的过程大体顺利，但也出了不少风波。

有人坐地起价，开了高于市场价4倍的出让价格；还有人签字拿钱后却不准他们在自己的土地上砍树。就连拓宽升级连接景区和村里的道路居然也有人反对，一些人搬来凳子坐在路中间阻止施工。

面对这样的事，钟山一时也想不出快速处理的办法。钟恳一开始很沮丧，心里生闷气，他实在想不通，在村里发展生态旅游明明是双赢的好事，为什么会有人反对？

但矛盾绝对不能激化。钟恳调整好心情，一家家地上门说好话、做工作，和和气气，脸上堆满了笑容。在景区工地督工时，看到过来

“闲聊”的乡亲们，他就主动迎上去，拉拉家常，双方再心照不宣地把话题引到正题上。

人心都是肉长的，一来二去，所有问题总算得以解决。

把一片荒山开辟成景区难度可想而知。虽说燕子岩景区的整体规划是依据此地的地形地貌设计，但平整和适当改造也是一个不小的工程。钟山有着手艺人的执着和耐心，做起事来一板一眼，容不得一丝一毫的马虎。

经过勘察，一座小山下有成片的洞穴，父子俩决定开发出来做成溶洞。但洞穴之间的缝隙大小不一，大的孔洞可以直立通行，小的缝隙却只有二三十厘米，连稍微大点的工具都塞不进去。但钟山决心已下，领着8个壮劳力带着工具就进了洞。一担担的砂砾、碎石、黏土被清理出来，再进一步扩宽、加固、回填……

敲敲打打两年半后，溶洞终于完工。钟山定制了许许多多的“福”字放入溶洞中，场景灯、氛围灯、衬托灯、景深灯、照明灯等各色灯光齐开，流光溢彩，琳琅满目。

溶洞的名字，钟山早就想好了，就叫“万福洞”。

钟恳也没闲着，一边忙着基础设施建设，一边琢磨这样的景区适合设置哪些独特的景点。其实在他心里，并不是很认可父亲的审美——老一辈的旅游，其实就是游山玩水，看些花草树木。

他留过学，当过摄影师，也更年轻，视野更开阔。

钟恳相信一句话——“民族的就是世界的”。在“万福洞”旁边的空地，他建起了专做瑶族特色饮食的餐厅，还在“万福洞”里摆上了原汁原味的瑶家竹筒宴。

与“万福洞”相对的另一端，有一个不小的半露天溶洞，钟恳将这里稍做改造，打造出一间溶洞咖啡厅，还取了个洋气的名字叫“遗

燕子岩爱丽丝花园◎钟山 摄

燕子岩丛林越野◎钟山 摄

燕子岩『遗落星球』景观◎钟山 摄

燕子岩小院民宿◎钟山 摄

燕子岩云端漫步◎钟山 摄

落星球”。这处开阔迷蒙的场地，灯光摇晃，音乐响起，如梦似幻，更适合年轻人来此狂欢。

2019年底，燕子岩景区建成，正式对外开放。令钟氏父子惊喜的是，景区异常火爆，游客最多的一天竟然超过了8000人！天子山村支部书记邱志平也吃了一惊：“那天门口的矿泉水都卖了将近150箱，卖油糍粑的一天赚了八千多块，村民都开心得不得了。”

游客越来越多，村民们的土特产摊位也越摆越长。甚至，连邻村的村民也喜滋滋地过来摆摊。

2020年4月，湖南“全省五星级乡村旅游景区”评选，燕子岩景区成功入选。眼见景区越来越火，络绎不绝的自驾游客往往一大早就将停车场塞满，停不进去的车辆排成的“长龙”一直延伸到了景区入口，天子山村的村民再也坐不住了，在村委会的组织下，他们成立了民海合作社，以资金、土地入股的模式参与分红。邱志平主动带头，投资50万元在景区建立娱乐项目“摇头飞椅”，吸引了众多游客，很快收回了投资成本。

村支书起了头，又看到了收益，村民们纷纷申请加入，35户村民累计投资250余万元建设空中三项、射击馆等项目。

短短几年时间，燕子岩景区就成为湘粤两省边界游客周末游、一日游、亲子游的热门“打卡”地。2020年即便遇上疫情，景区仍实现游客接待量20万人次，营业收入1800万元，带动村民年人均增收5000元以上。

第二年，又有20余名在外务工人员返乡后不愿再出去，而是来景区投资了七彩滑道、霍比特广场等一批娱乐项目。在家门口就业、创收成了那段时间村民们最喜欢聊的话题。

如今，景区的大部分项目都由村民自建自营，钟家父子只负责景区门票和管理运营。对双方来说，是双赢局面；对他们父子二人而言，更是两全其美——既缓解了资金压力和人力成本，又可以腾出精力把燕子岩景区一步步雕琢得尽善尽美。

从到燕子岩的第一天起，钟山就酝酿着在景区打造一片特色花海。这一地区气候独特，并不是什么花都可以存活，他反复试种几类不同的花，不断地尝试，光月季就试了上百个品种，最终能正常成活的也不过一两种。后来，桃花成功了，绣球花也存活了。

钟山特别喜欢绣球花。三年的时间里，他种了近三万株绣球花。他告诉儿子，接下来他要在整个村子都种上这种团团簇簇的“小胖花”。

这些年来，父子俩在天子山村先后承包的土地已达2600亩，现在开发的核心景区燕子岩只占了其中较小的一部分。对于后续的开发，今年刚满60岁的钟山已感觉有些力不从心。接过父亲手中接力棒的钟恳，现在更忙了，策划、宣传、接待等，事无巨细他都一肩挑了起来。他正考虑着，让在宜章县城教钢琴的妻子，教完这一批学生之后就过来给自己帮忙。

我采访钟恳时，他趿着一双拖鞋，坐在石头上抽烟。我知道他心里正在做着下一步的盘算。而他的父亲钟山正沉默地摆弄着那些花，把这个花盆移到阳光下，把那几盆花收进来。

今年的阳春三月，燕子岩景区的两百余亩桃花竞相绽放，前来踏青赏花的游客络绎不绝。莽山脚下，燕子岩乡村旅游火爆出圈。

桃树下，燕子岩自然村49户226名村民正围在一起等待分红，桌上的袋子里，放着15叠如桃花一般鲜红的百元大钞，这已经是村民们今年以来的第二次分红。早前的1月11日，已有50位村民享受过这种喜悦。

第八章

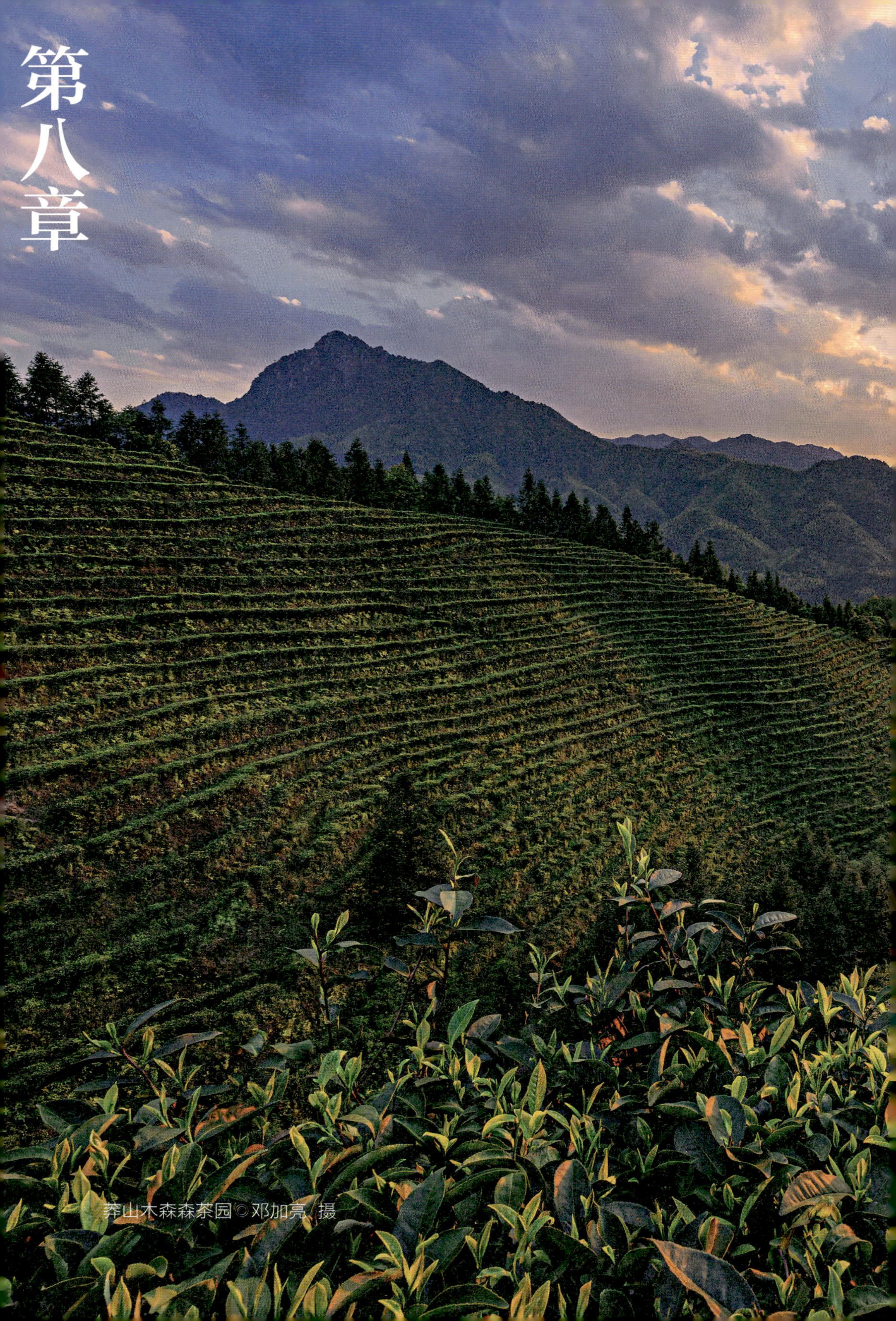

莽山木森森茶园◎邓加亮 摄

种茶记

ZHONG CHA JI

茶山茶集生态、文化、精品、富民、希望于一体。

高山云雾出好茶。历代的贡茶和传统名茶，皆产自高山。

海拔高意味着植被茂盛、生态环境好，土壤肥沃、营养充足；昼夜温差大，有利于茶树内含物质的代谢，加快茶树自身营养物的体内循环，促进茶树生长。云雾多，代表着空气湿度大，有利于芽叶保持柔嫩，有更多的漫折射光，避免了紫外线对茶树的直接暴晒，从而减少茶叶泛黄、泛黑现象。

高山和云雾，是好茶的两个必要条件。

海拔800米至1900多米的莽山地带，昼夜温差大，空气湿度大，是生产茶的好地方。莽山自古以来就是瑶民聚居地，种茶已有千余年历史。据资料记载，南岭周边的瑶族中有一支过山瑶被称为“中国的山地吉卜赛人”，隋唐时期就已来到莽山一带。他们钟爱的打油茶，其中的原料之一即莽山老叶红茶。民国版《宜章县志》中曾有记载，莽山的茶“以崖子石之山茶、莽山思仁坳之横水茶为最佳，其性凉，能解热毒，可治痢疾。”

现代莽山茶的开发始于20世纪90年代初。

1991年，莽山开始茶叶商品化规模种植开发，打造出“莽山银峰、莽山银翠”等绿茶精品，一时间风靡湖湘。进入21世纪后，红茶的研制成功，填补了郴州无红茶的空白。

近年来，宜章县委、县政府举全县之力，支持发展红茶产业，推进这一致富百姓的“红火工程”，打造“莽山红茶”品牌，将茶业作为脱贫攻坚、乡村振兴、转型发展的绿色产业来抓，并按照“红茶带”红茶生产重点县等发展要求，培育了一批茶叶龙头企业做大做强。县域内茶园面积从2013年的1.8万亩增加到2020年的6.5万亩，全县茶业正朝着规模化、品牌化和现代化方向加速发展，并成为宜章产业扶贫的重头戏、名副其实的“富民产业”。

2020年4月8日，芒果扶贫云超市走进宜章，宣传宜章特色农产品。时任县长张润槐在莽山五指峰景区为游客推荐莽山红茶——“我是宜章县人民政府县长张润槐，我为莽山红茶代言。莽山红茶有五大特点，红于莽山、红走千年、红在品质、红火百姓、红遍天下！”

张润槐说：“莽山地理位置特别适合茶叶生长，莽山红茶以‘五红’特质，成为‘湖红’品牌中，最红的生态之茶、文化之茶、精品之茶、富民之茶、希望之茶。”

莽山终年云雾缭绕，土壤富含硒，是适合茶叶生长的绝佳环境，

周洁纯 摄

这也使得莽山茶叶中茶多酚、氨基酸的含量非常高，再加上制茶师对鲜叶的精挑细选、炒茶火候的准确把握，滋味醇厚甘爽、回味甘甜的莽山红茶一经问世，便以特色鲜明的“莽韵”迅速在竞争激烈的红茶市场占据一席之地。

近年来，莽山瑶族乡党委、政府充分利用自身资源优势“靠山吃山”，积极拓宽致富渠道，闯出了一条“产业富乡”的崛起之路。莽山瑶族乡党委书记接受采访时说：“莽山茶叶的发展，以提质改造、适度规模为主，将着力打造莽山茶叶品牌和茶园旅游业。”

一

新时期莽山茶，尤其是莽山红茶的发展，离不开一个重要人物——湖南南部用当地茶种制作工夫红茶的第一人，谭凤英。

谭凤英利用莽山当地的茶叶陆续开发出高档红茶、绿茶，制定了《莽山有机茶开发技术研究与示范》一书，为行业提供了操作性强的技术体系标准，经国家检测，该书通过了科技成果鉴定，整体技术达到国内先进水平。

无疑，谭凤英在莽山茶业发展中具有里程碑意义。

2009年，与丈夫在广西创业有成的谭凤英回家探亲时，发现莽山大片茶山荒置，无人管理。而当时，除了旅游业，莽山再无其他支柱产业。平时喜欢喝茶的谭凤英当即意识到，莽山大面积的原始森林，云雾缭绕，肯定是适合茶树生产的好地方。而莽山茶叶一直低迷的现象，让她动了茶的心思。

跟丈夫商量后，谭凤英做出决定，她只身到莽山做茶叶，丈夫则留在广西南宁继续经营产业。

2010年，谭凤英回乡创办了宜章莽山钟家木森森茶场。

对于谭凤英“放着好日子不过”，回乡创业，乡亲们十分不解，不少人半开玩笑半认真地说，她这是“钱多没地方花了”。

尽管有不同的声音，甚至有些难听的话，谭凤英听了也只是一笑了之。一方面，她大面积地整修荒置的茶园，引入有机茶栽培技术，推广栽种新品种茶苗；另一方面，她进行多方游说，组织农户重新种植茶树。

莽山地区自古就有种茶、喝茶的传统。20世纪莽山茶叶曾短暂辉煌过后，又重回低迷，农户们种茶大多只为家用或少数用于馈赠亲朋，量少也疏于打理，难以再提起专心种植茶树的兴趣。谭凤英游说一圈，响应者寥寥无几。

然而，谭凤英不放弃，继续一家家登门，抱着试一试的态度，终于有几家农户愿意加入。很多人都是从众心理，只要有了带头的，参加的就陆续多了起来。

当年，谭凤英不仅为农户创了收，还也解决了600多名闲置劳动力的就业问题。

事实胜于雄辩。谭凤英的威信高了，越来越多的农户加入到种茶的行列中来。

莽山茶叶打了一个翻身仗，但谭凤英并没有太兴奋。在生产、销售过程中，她发现一个尴尬的事实：莽山绿茶在全国市场的竞争力并不强。绿茶的工艺比较简单，相应的附加值也不高。即便如此，我国的绿茶在全球茶叶消费中所占比重也不到10%，而附加值更高的红茶，却占据了全球茶叶消费市场的70%以上。

谭凤英萌生出一个大胆的想法：将绿茶改为红茶。

但是，“绿改红”不是单纯的颜色转变。绿茶属于无发酵茶，

莽山茶园©邓加亮 摄

而红茶是全发酵茶，莽山雨水多、湿气重，红茶的发酵工艺又十分复杂，难以掌握，稍微不注意，茶叶就可能作废只能变成有机肥料。

是继续生产、销售绿茶，还是改莽山绿茶为红茶？一番深思熟虑后，谭凤英决定放手一搏，改绿茶为红茶。

为此，她一方面从广西引进资金1000多万元，对茶园进行标准化改造；另一方面依托广西茶科研究所引进红茶制作技术，不断改良制茶工艺，开始艰辛的莽山红茶探究之路。她的女儿在中科院湖南亚热带生态研究所读研究生，也为她提供了不少技术上的帮助和支持。

付出总有回报。木森森茶叶主攻的“瑶山红”红茶在2011年第九届“中茶杯”全国名优茶评比中获得一等奖；第二年，又在第二届“国饮杯”全国茶叶评比中夺得特等奖，并通过了有机食品产地认证，茶叶也通过了有机转换产品认证。

历经三年的坚持不懈，茶叶不知实验了多少吨，通宵也不知熬了多少个，谭凤英带领团队终于探索出采用莽山土茶树种制茶的一系列标准化参数。标准化制茶，最明显的优势就是茶叶品质得到了保障，而稳定的质量是莽山茶走向品牌化的必经之路。

木森森茶业出品的“莽山君红”“莽山凤绿”“瑶山红”和“过山瑶”逐渐成为茶叶市场响当当的莽山品牌茶。来自高山云雾间的莽山茶再一次在茶市引起巨大反响，价格一路高扬，由原来的每500克40至80元逐步提升到400元，600元，800元……木森森的高端茶叶最高每500克卖到了近6000元。

在谭凤英的引领下，莽山百姓掀起了“绿改红”的热潮，茶叶升级、茶园扩建、栽种新品种茶苗、兴建茶厂蔚然成风，茶叶开发与特色种养、乡村生态旅游“三足鼎立”，撑起了新时代莽山产业新格局。不仅如此，她还带动了湘南地区多家茶场开始制作、销售红茶，由此结束了郴州无红茶的历史，为湖南茶叶产业的发展开辟了一个崭新的时代，并在湖南省内形成“北黑南红”的茶产业新格局。在一些关于谭凤英的新闻报道中，她的名字前面被冠上了“湘南红茶之母”的称号。

在2014年湖南省人民政府发布的《湖南省茶叶发展规划》中，郴州地区被列为优质红茶带，这与谭凤英的带动和倡行是分不开的。

无论在什么行业，科技始终是第一生产力。谭凤英在坚持使用传统方式制茶的同时，也一直在思考如何将高科技、新技术引入到茶叶生产的过程中来。多年来，木森森茶业与湖南农业大学、广西南亚热带作物研究所等专家教授组成强大的研究团队，在传统茶叶加工技术的基础上，历经十多年试验研究和示范，成功应用优质茶苗扦插、环沟施肥、物理杀虫灯、色板等先进有机栽培技术，突破性地创造了杀青的红外、蒸汽多工艺叠加法、揉捻的干湿混合法茶叶深加工技术，

谭凤英带领村民种茶，为合作社村民分红，助力乡村振兴（资料图）

形成了一套具有自主知识产权的茶叶研究、种植深加工技术。

2018年3月，宜章县茶业协会成立，谭凤英当选为会长。在她的带领下，莽山茶叶产业的凝聚力和战斗力进一步加强，抱团闯市场信心更足了。

谭凤英始终没有忘记返乡创业的初心。木森森的茶园面积达800余亩，去年为村民们发放的采茶劳务工资达80余万元。除了带动、发展莽山茶产业，谭凤英也时刻牵挂着家乡的弱势群体。她十分热心慈善与公益事业，先后资助了多名贫困家庭儿童及孤儿；更是致富不忘家乡发展，她捐资修建钟家村通村公路、宜章县绿化攻坚项目、慈善基金等，捐赠累计已达两百余万元。

莽林怡情，山茶养性。莽山的好山好水不仅吸引了从这里走出去的谭凤英，也引得不少外省投资商纷至沓来。

尤其是近些年来，宜章县委、县政府把莽山茶产业发展作为调整农业产业结构、推进贫困山区茶农脱贫致富、实施乡村振兴战略的一个重要举措来抓。2014年，宜章县出台《关于加快宜章莽山茶产业发展的意见》等一系列关于茶产业的扶持政策，制定了包括每年统筹资金1000万元设立茶叶产业基金、对规模开发给予奖补等有力措施，大力引导域内茶叶产业发展，让莽山居民能够因茶致富，并努力改善营商环境，筑巢引凤。同时还积极争取到了湖南省委组织部科技扶贫专家服务团驻县服务，省、市茶叶专家定点指导。

十年前，来宜章调研的广东商人刘东亮及合伙人，正是被这里优秀的地理环境和营商环境所吸引，决定在这里干一番事业。

种茶的条件特别好，成本相对较低，在两个优点叠加之下，让刘东亮下定决心扎根莽山。2014年8月，刘东亮成立宜章和宜农业综合开发有限公司后，第一件事就是带领团队在莽山试种了广东英德红茶的当家品种——“英红九号”。

“英红九号”是红茶中的佳品，是广东省农业科学院茶叶研究所引进培育的高香型红茶品种，外形秀丽、汤色红艳、味道醇浓，被茶界认为是中国乃至世界最好的红茶，被称为“东方金美人”，与祁门红茶、云南滇红并称中国三大著名出口红茶。“英红九号”属大叶品种，产量高、品质好、耐泡，茶多酚含量高达34%，消费者认可度高，不仅在广东地区广受欢迎，在国内外都有很大名气。

刘东亮将之引入莽山，并精心加工成莽山红茶，以便更好地开拓市场。

南茶北种，气温差异是最大的一道坎。莽山气候温润，气温比广东英德地区稍低。在霜冻时期，公司团队采取燃烧木屑、搭建防霜棚等措施，让“英红九号”顺利渡过冰雪天气的考验，试种一举成功。

第一期种下的600亩“英红九号”长势良好，刘东亮趁热打铁，将“英红九号”扩种。他总结的“本地育苗抗寒性增强、茶树过冬修剪要少、修技从12月底提前至11月底”三个经验，进一步增强了南茶北种的抗寒能力。不到4年的时间，原本的荒山拓成了3000亩茶园，青山处处可闻茶香。“英红九号”在莽山扎下了根，逐渐成为和宜公司主要种植品种。

2018年，和宜公司旗下湖南老一队茶业有限公司推出了以“英红九号”茶青为原料、精心加工制作的优质红茶品牌——“莽山红”。因纯天然无添加，茶汤红艳，有甘甜味和牛奶香，得到了业内的高度认可，被评价为“湖红”系列中口感最佳、营养最好、韵味最足的红茶品牌之一。市场更是反应热烈，“莽山红”一举打响了知名度。公司一跃成为当地龙头企业品牌，并在2019年获评湖南省“红茶十大企业品牌”。

莽山茶园◎邓加亮　摄

刘东亮发现，同样的“英红九号”，在莽山种植的比在英德本土种植的茶香要高浓，品质稳定更具特色，“鲜爽度、饱满度和协调度都有了进一步的提高，不但茶汤红润、花蜜香突出，而且涩味较低。”有朋友从英德过来看他，喝了“莽山红”之后，一个个都不敢相信外地竟然种出了比英德本地口感更好的“英红九号”。

莽山种出来的茶，无需担心产品品质问题。

“莽山红”等传统红茶的大获成功，给了刘东亮公司团队积极探索多种茶品的底气和信心，他们相继研制出质量稳定的红碎茶、冷泡茶等多个茶类。

红碎茶是一种碎片或颗粒茶叶，一般采用废茶或工艺剪切后的茶叶碎片制作而成，已有百余年的产制历史，因制作工艺简单、成本较低，成为国际茶叶市场的大宗产品，占全球茶叶总出口量的八成左右。和宜公司的红茶种植和制作工艺在做碎茶方面具有优势，研制出的红碎茶汤色鲜红、香气鲜浓、滋味醇厚，富有收敛性。送给客户尝鲜后，他们大为不解，纷纷问刘东亮：这么好的茶怎么舍得做碎茶？

冷泡茶，就是以冷水冲泡茶叶，是一种颠覆传统的泡茶方法。传统的泡茶，多以热水、开水冲泡茶叶，可以享受茶叶散发的优雅香味，品尝茶汤中甘甜味醇的滋味。随着生活节奏的加快，好喝又保健的冷泡茶受到开车族、登山族等部分人群的追捧。而“莽山红”冷泡茶的优势在于无需其他品种红茶要冷泡4~8小时的时长，在冷水或冰水中仅需浸泡20分钟即可饮用。神奇的是，“莽山红”冷泡茶在冷水中浸泡，茶叶里的清甜滋味在茶汤中加倍溶出，喝起来更加温润甘甜。

莽山的红茶，也让莽山百姓的生活一天天红火起来。

和宜公司茶园基地市场营销的负责人是一位姓蔡的女士，本在深圳发展，有着一份不错的工作，近年来思乡情切，但一直担心自己的所学在家乡没有用武之地。这几年每次回乡，她都能看到自家附近发生大变化，茶园面积越来越大，茶树越种越多，便毅然辞职回乡，进入和宜后继续发挥专长。莽山红茶基地日新月异，让她颇感骄傲，也坚定了为家乡红茶品牌建设尽自己绵薄之力的决心。她骄傲地告诉昔日的同事们，莽山风景好、空气好，自己天天在美景中上班，“幸福感都要溢出来了”。

茶叶生产属于典型的劳动密集型产业，从种植到加工都需要大量人力。莽山红茶的发展，让更多莽山百姓实现了“在家门口就业”。和宜公司为周边乡亲提供了大量的劳动就业机会，茶农年人均年收入可达2万元以上。

作为宜章县的重点产业扶贫项目，和宜公司利用红茶产业与贫困户建立“公司+贫困户、保底收益、持续收益、收益提前置换”等多种帮扶机制，仅2017年一年，帮扶882户，其中贫困人口2900人，整个项目工程合计帮扶贫困人口6710人。

在和宜公司的茶园中，前来参观的湖南省茶业协会荣誉会长曹文成望着成片的葱茏茶树，颇为感慨地说：“这里不仅由荒山变成了青山，更变成了飘着茶香的‘银山’，相信不久还将变成‘金山’。”

确实，荒山变青山，青山变银山变金山。莽山脚下老百姓的生活也因茶而红火。

莽山瑶族乡永安村的陈仁红，在山上种了4亩茶园。正是这4亩茶园，让他全家摆脱了多年的贫困，苦尽甘来。

列入建档立卡贫困户时，陈仁红一家五口仅住在70平方米见方的土坯房里。屋漏偏逢连夜雨，老母瘫痪在床，两个小孩正在读书。一没手艺二无本金的老陈，只能去打零工补贴家用。

谁都想让家人过上好日子。但那时的陈仁红，经常望着眼前的莽山叹气。

2015年，宜章全县推行扶贫小额信贷政策。经村干部和银行工作人员等组成的评级授信小组调查后，陈仁红的“信用评级”被评为一类，顺利获得由宜章农商银行提供的5万元贷款，为期两年，免息免担保免抵押。

拿到贷款后的这年冬天，陈仁红义无反顾地在4亩自留地上种下了茶树苗。

陈家世代种茶，凭着从祖辈继承下来的种茶传统，陈仁红的茶树长势喜人。偶尔遇到新问题，还有驻村扶贫干部过来进行指导。

4亩茶园，毫无意外地丰收了。两年时间里，陈仁红按时还清了贷款。茶园成了一家人的聚宝盆。每到茶叶采摘的季节，一家老小齐上阵，劲头十足。陈仁红也成了种茶的好手，隔三岔五去茶园转一转，查看茶叶长势。

村里的金融扶贫服务站把陈仁红的茶叶卖到全国各地。一想到那么多人喝着自己种的茶，他更有干劲了。

尝到种茶甜头的陈仁红，看到莽山旅游越来越火，又动起了做民宿的心思。在他的憧憬里，开了民宿，还可以顺带推销自家茶叶，一举两得，“幸福的生活不就来了”！

二

2012年底，临近春节，在深圳工作的张玉琼回了莽山老家。张家的老房子实在太旧了，她把自己多年的积蓄全部拿出来给了家里建新房。当时和她一起回去的，还有当时还是她男朋友的王懿玮。

看着新房子一天天建起来，张玉琼和王懿玮商量，不想再出去了。王懿玮想也没想就点了头：好，都听你的。

张玉琼的想法很简单，父母一年比一年老了，家中三姊妹陆续都离开了家，但总要有一个留在身边。

张家三代都是茶农，张玉琼从小闻着茶香、喝着莽山茶长大。回来之后干什么？她心里有了打算——做茶。

父母知道她的计划后，都是强烈反对。尤其是她的父亲，当年一边经营着茶园，一有空就出去跑车，辛辛苦苦把三个女儿送到县城读书，为的就是让她们都能走出这闭塞的大山。女儿也争气，好不容易在深圳站稳了脚跟，如果现在回来，父女二人的一切努力不都白费了吗？

张玉琼向公司提出辞职，一向赏识她的老板劝了多次，也没有把她留下来。

那时候的张玉琼，已经是公司的业务骨干，年薪超过了30万，也在深圳看好了房子，只等做满义工就达到了深圳的落户条件……

外面的世界很精彩，但同时也让人身心疲惫。张玉琼已经厌倦了每天马不停蹄的奔波、日甚一日的复盘，26岁的她就因为神经衰弱，长出了不少白发。

父母再执拗，在女儿面前也只能妥协。过完春节，张玉琼办了辞职手续。这一年，她结婚、生子，完成了人生大事。

张家是莽山的制茶世家。张玉琼的父亲做的红茶一直都是小有名气，后来又与人合伙，扩大了茶厂规模，不巧碰到红茶市场低迷，茶叶出现滞销，堆满了整整一个仓库。怀着孕的张玉琼做不了别的事，就帮着家里卖茶。她深知，要想进入这个行业，光懂茶还不够，销售更是重要的一环。在深圳做了十几年金融的她，靠着一部手机、一台电脑，那一年近乎卖空了半个仓库。

初战告捷，给了张玉琼莫大的信心。第二年，她决定自己卖茶叶，和父亲的茶厂签了合同，把仓库里的剩余库存全部接手。家里的房子已经建好了，她把一楼的门面改成茶行，学美术的王懿玮亲自操刀，设计、装修出了整条街上最具风情的店。

莽山张小隐茶厂、茶园◎张玉琼 供图

注册商标时，她用了“张小隐”三个字。

道家说，小隐隐于野。她说，在这莽莽莽山之野，做着自己喜欢的事业，比身处繁华的大都市更能让人身心自由。

但既然是事业，又怎能真正无为淡泊？为了卖茶，张玉琼又拿出了当年在深圳拼搏的劲头，她又重新做起了方案和规划，每天给自己定下小目标，完成了自然欣喜，若是完不成，晚上躺在床上也要盘算一下原因所在，如何改进。

用了整整一年时间，她终于完成了最初的目标。但也考虑得更多了，茶叶的品质、渠道的优化、市场的趋势等。只有真正进入一个行业，才能更客观、更清晰地了解这个行业。

再怎么操劳，回到莽山两年的张玉琼仍是不后悔的，熟悉的乡音，身边的父母家人，这些都是那一千多里外的远方给不了的。她的失眠、焦虑，还有早生的白发都慢慢消失了。

2015年，茶市遇冷，张玉琼也感觉到茶越来越难卖了。这年夏天，她抱着孩子，把茶叶摊摆到了莽山森林公园景区的门口，正好碰到放暑假回来帮家里卖猕猴桃的江梦南。两家关系一直不错，张玉琼也很佩服这个坚强的小妹妹。两家的摊位面对着面，碰到生意好的时候忙不过来，就互相帮忙。

抛开红茶市场的大环境不谈，在持续走低的销售数据中，张玉琼也逐渐发现了自己茶叶的问题。莽山红茶的品种众多，大大小小的茶企各自为战，却始终没有一个统一的标准，莽山茶在市场上缺少足够的品牌竞争力。张父的茶厂采用的是传统手工制茶，人工操作难以做到次次精确，质量难免前后不一，甚至是同一批次的红茶，也有顾客反映存在口感不一的现象。

张玉琼卖茶依托的是网络，客户流失就意味着几乎没有回头的可能。

创业遇到瓶颈，靠着以前攒下的老本支撑，之前的公司又打来了电话，邀请她回去。张玉琼内心有些动摇了。但关了茶行就这么离开，半途而废显然不是瑶家女儿的性格。跟丈夫商量后，她给了自己一年时间。

既然别人做的茶总有这样那样的问题，那就学着自己制茶。就这样，王懿玮成了岳父的学徒，从零开始学做茶。

张父做得一手好红茶，把家中传了好几代的红茶技术手把手地教给女婿。从采摘到制成的技艺，一个认真地教，一个专心地学。王懿玮从小没干过农活，却也吃得了苦、沉得下心。采摘、萎调、揉捻、发酵、烘焙、筛分、拣剔，每一道工序，他边学边领悟。喜欢画画的他，沉浸在制茶的艰辛和快乐之中。

王懿玮的双手，从学做茶的那天起就没有干净过，不到半年的时间，就生起了厚厚的茶茧。累是肯定的，尤其是收春茶的那几天，摘

莽山张小隐茶园©张玉琼 摄

下来的茶叶必须在48小时内炒完。几百斤重的茶叶搬来搬去，累得他直不起腰。炒茶时，茶毫、茶气在摄氏两三百度的高温下直冲眼睛，他的隐形眼镜隔几天就要换一副。

春茶不等人啊，王懿玮最长有50多个小时没睡觉，实在困了就蹲在地上靠着墙打个盹，茶叶来了就踉跄着起身。

张玉琼心疼他，但自己选的路，再辛苦也要走下去。王懿玮开始单独制茶时，张玉琼坚持用最好的茶青给他练手，哪怕一次就是上万元的投入也不在乎。王懿玮怕糟蹋了好材料，张玉琼手一挥，没事，大胆练，好茶需要好技术，更要有好茶青。

王懿玮善于钻研，一有空就上网看视频学技术，国内国外制茶的视频只要能找到的，他都看了个遍。互联网是个宝库，也是他的良师，网上有不少关于茶的论文，他看到了就保存下来细细研究。

岳父精于红茶制作工艺，但绿茶始终差点火候，尤其是绿茶中的水闷气，始终无法祛除，久而久之，就成了自然。王懿玮却不这么认为，两人探讨之后，谁也说服不了谁，他也不去争辩，静下心来改进，试了多次，做出来的绿茶终于没了水闷气。

一心扑在制茶上的王懿玮，花了三年时间，成了远近称道的大师傅。他们的夫妻档也步入了正轨，一个负责制茶，一个负责销售、售后，“张小隐”一步步闯出了名气。

市场竞争下，维系一个品牌并不容易。口感稍有变化，越来越挑剔的顾客群中总有人一尝便知。社会在发展，人也在不断变化，王懿玮意识到，再地道的传统工艺做出来的茶，也有可能不太适合现代人的口味。

国内茶叶制作的工艺，大多数师徒传承，哪怕是同一个师傅教出来的徒弟，做出来的茶也会口感各异。任何一个细小的变化，都会带来口感差异。人工制茶，只有靠着经验的累积，手法才会越来越精准。而茶的质量、口感不一，正是一个品牌的大忌。除了少数工序，王懿玮一直都不太喜欢依赖机器，他更享受自己全程参与，手工把控制茶流程。

稳定的品质，才能留住稳定的客户。

已评上国家评茶师的张玉琼一句“你怎么做我不管，我只要稳定的口感和质量”，王懿玮往往要花上一个月甚至更长的时间去把握好一个度。

红茶耐泡度，夏茶苦涩度，花果香、甘甜味……一个个问题在王懿玮一个个通宵达旦的试验中完美解决了。

“张小隐”的主打红茶“国金红”，严守明前一级鲜叶一芽一叶的采摘标准，干茶细紧油润显金毫，汤色金黄明亮，金圈厚亮，入口甘甜柔顺，浓郁的花果香让人回味无穷。广东有个客户喝了之后，怀疑添加了香精，张玉琼再三解释客户也不信，坚持红茶不可能有如此浓郁的花果香。没办法，只得把客户邀请过来，让他亲眼盯着“国金红”的制作全过程，最后试泡一壶，对方这才摇头晃脑地赞叹：“好，真是好。”

王懿玮为此得意了很久。当年他玩电脑游戏技术好，被人质疑使用了作弊器，那种解释不通的郁闷和得意，让他印象十分深刻。

白茶素为茶中珍品，有“一年茶，三年药，七年宝”的说法。为了做出独具莽山特色的白茶，王懿玮跑到白茶技术正宗、成熟的福建学艺，再结合莽山当地传统的白茶工艺，亲手改造了白茶压饼机器，研制出“张小隐”白茶。清明前手工采摘的一芽一叶二叶，不炒不揉，阳光萎凋，纯净自然，干茶色白隐绿，芽叶成朵，绒毫细密，茶汤杏黄明亮，毫香、花香渐次呈现，细幽清长，饮后唇齿间长留幽幽

①｜②
③｜④

①2023年郴州职业技术学院暑期“三下乡”社会实践活动学生来到莽山钟家涧峰茶厂

②③④莽山钟家涧峰茶厂茶叶展示◎谭非 供图

兰草香。

“零添加，高山茶”几个字印在了茶叶包装袋上，也贯穿了王懿玮制茶的全过程。

张玉琼把茶销到了湖南、广东、河南等地。因为适合牛奶冲泡，“张小隐”也走出了国门，在英国、法国、俄罗斯等国家大受欢迎。

疫情防控期间，侧重线上销售的“张小隐”并未受到多大冲击，相反品牌不断走高。出自莽山的茶叶，在那几年中抚慰了不少忧郁的心灵。

深圳博雅艺术有限公司是深圳国资委旗下一家专营高端书画、古玩的文化机构，在业内有着“北荣（荣宝斋）南博”的赞誉。自成立开始，深圳博雅便与张家的茶结下了不解之缘，合作一直延续到了张玉琼这一代。2022年，深圳博雅首次推出“红、枞、白”系列文创茶，挑来挑去，最后还是选择与“张小隐”的红茶、白茶、绿茶做联名茶。

2023年，张玉琼的茶园规模已经达到500亩，直接带动了100多人就业，每人增收万元以上。其实，是扩大规模走量，还是坚持质量出精品，张玉琼有过不止一次的纠结和思考。但最终，在王懿玮疲惫而又欣喜的眼神中，她看到了光，也找到了自己的答案。王懿玮总把“做茶就是做人”挂在嘴边。如今，做出一批好茶，就如同以前画画创作出一幅好作品一样，同样能令他感到“一阵巨大的欢快和喜悦”。

第九章

腊元古村◎邓加亮 摄

民俗记

MIN SU JI

莽山瑶族儿女历来能歌善舞，很多民间歌手随编随唱，出口成歌。

一

莽山原包括莽山峒、笠头峒、溶家峒和西山峒四峒。自宋代起，就有瑶民迁来莽山繁衍生息。到明代初期，莽山境内主要原住民为瑶族，少有汉族。

瑶族，传说是盘瓠和帝喾之女三公主的后裔，为古代东方“九黎”中的一支，是中国华南地区分布最广的少数民族，也是中国知名的长寿民族。据《2021中国统计年鉴》统计，瑶族总人口将近331万人，分布在中国南方广西、湖南、广东、云南、贵州和江西六省、区的130多个县里，其中以广西最多，居住在湖南省的瑶族有70余万人，约占全国瑶族人口总数的21.3%。

瑶族名称历来比较复杂，有自称28种，他称近100种。根据瑶族起源传说、生产方式、居住和服饰等方面的特点，有“盘瑶”“过山瑶”“茶山瑶”“红头瑶”“花瑶”“花蓝瑶”“蓝靛瑶”“白裤瑶”“平地瑶”等30余种不同称呼。

如今，莽山总人口中瑶族占70%，主要分布在永安、黄家塝、西岭、钟家、刘家、塘坊、道洞等地，有黄、赵、盘、李、邓、庞、胡、欧、宋、梁等10个姓氏。莽山瑶族分过山瑶和八排瑶。

所谓过山瑶，是指耕山类北方游牧民族居无定所，携家入山，以口尝土，察其肥瘠，编茅为屋，食惟菽麦苞谷，三五年后土地贫瘠，就焚烧房屋，迁往他处。他们操“育勉”（即“瑶族”）语，认瓠为始祖，并保存有《评皇券牒》（俗称《过山榜》）等民间文献。其内容与《后汉书·南蛮传》的记载相同。瓠先祖御敌护国有功，被评王招为驸马，送往青县会稽山七贤洞青竹林中白雪山居住。经三年，生下六男六女，被赐盘、沈、包、黄、李、邓、周、赵、雷、胡、冯、唐十二姓。明朝正德年间，赵姓瑶族由福建辗转迁徙至莽山峒永安村定居。清朝道光年间，瑶民起义领袖赵金龙部下从江华、新田、常宁、桂阳等地疏散至莽山，隐居道洞、塘坊、西岭等村。莽山过山瑶，如今大多居住在塘坊、道洞、西岭、永安、钟家、刘家等村。

八排瑶，由粤北地区的军寮排、里八洞排、火烧坪排、大掌岭排、横坑排、油岭排、行祥排、马箭排组成，是对聚居于广东连南瑶族自治县境内排瑶的专称。居住在莽山的八排瑶，其先祖由浙江到福建，后辗转迁徙到粤北，明朝正德年间由广东省阳山县称架太平洞迁入莽山定居，集中聚居在莽山黄家塝村。他们有自己独有的语言，自称为“藻敏”（即“瑶族”）。由于他们定居和同化的时间较早，本民族语言基本失传，仅在老人中遗存少量单词。

历史上，有些统治者推行民族压迫和民族歧视政策，瑶族人民被迫开展一次又一次的反抗斗争。莽山地处湘粤两省边界，山高林密，形势险要，是历代瑶汉人民起义的发源地和根据地，也屡遭官府重兵围剿和屠杀。

南宋孝宗时，湖南部分瑶族、汉族人民联合起义。乾道元年(1165)春，宜章县附近农民和瑶族人民不堪残酷剥削和强迫，在李金领导下发动起义，攻克郴州、桂阳，发展至万人。同时分军进攻广东北部和广西东部。南宋派刘珙、杨钦率军镇压。李金率部奋勇抵抗，

周洁纯 摄

战斗失利退至莽山何家峒，后为叛徒所俘不幸遇害，余部在瑶族人民的帮助下潜入深山，坚持斗争。

明洪武二十三年（1390），苗族首领谭应贞、杜回子以莽山为根据地，领导湘粤边境的苗、瑶、汉人民起义，官府派重兵往莽山镇压，四十八山九溪十八峒的苗族瑶族均遭到血腥屠杀。“大兵征剿，后民十亡六七”，原来瑶人聚居地蕨子坪因杀戮殆尽，故称“绝子坪”，现名为“泽子坪”。

明正德十二年（1517），莽山、西山、笠头洞瑶族首领龚福全、李斌、梁柏桂、阳延寿率湘粤边境瑶汉农民起义，遭镇压后瑶汉人民又一次遭到残酷杀害和洗劫。

明崇祯九年（1636），临（武）蓝（山）矿工联合宜章县以及广东九峰瑶族起义，斗争持续4年之久。

清道光十一年（1831）十二月，江华瑶族首领赵金龙于锦田起义，莽山大多数瑶人前往参加。次年三月起义失败，部分起义军疏散隐蔽于莽山。

清咸丰元年（1851）妇女领袖王萧氏在莽山天塘湾、塘坊岭率众举事，不数日即遭镇压。

民国时期，官匪频繁劫掠莽山，发生战事100余次。

莽山瑶族人口不断增多，斗争纷繁复杂，风俗习惯异于汉族和其他少数民族。经济生活历来贫苦，新中国成立后逐步改善。

1957年12月，莽山瑶族乡成立，至今已先后有100多人被选为省、市、县、乡人大代表和政协委员。瑶族人民在党的领导下，与汉族人民一道走社会主义道路，形成了各民族平等、团结、互助的社会主义新型民族关系。

瑶族崇拜祖先“盘古”，龙犬瓠为图腾崇拜，禁食狗肉。在漫长的历史进程中，因生产力低下，瑶族在生产、生活过程中逐渐形成神明崇拜。瑶族认为万物皆有灵，崇拜与生产紧密联系的自然物，如砍山祭林神、打猎祭山神、播种祭谷神等。

道教、佛教传入瑶族后相互渗透影响，瑶族信仰呈现多神崇拜特征。如将太上老君、三清三元、张天师、李先师等道教祖师与瑶族的图腾先祖及与生产紧密相关的风伯、雨师、雷公、电母、土地公公、土地婆婆、五谷仙娘等自然神相提并论，同坛共祭。莽山境内瑶族师公属茅山教宗派。

瑶民历来与人为善，为新迁户建立“人工会”，帮助解决家庭经济困难。附近瑶人相约，一起为新迁户开荒种地、砍树建房，不吃新迁户的饭菜，不计报酬。一家无耕种旱土，大家代劳开垦，帮助新迁户建立家园。

瑶族在生产中禁忌很多：正月十六日忌鼠；正月初十和二十忌风；二月初一忌鸟；三月初一忌雪；破日不卖货，逢丁不剃头。凡逢忌日，男女老幼居家不出，不用铁器。因影响生产，如今这些禁忌多已破除。

瑶族的婚丧嫁娶也具有鲜明的民族特色。

瑶族社会早期实行族内婚制，不与其他民族通婚。《评皇券牒》中记载，瑶人不得与百姓通婚，“若有强娶瑶女者，罚蚊子三瓮，开通铜钱三百贯，无节竹三百根，糠粒金绳三百丈，金鸡屎三百斗”。在族内婚中规定“同姓不婚”，但实施不严。后因与外族接触日多，改为“可招百姓郎”，但“瑶女不嫁百姓”。到了清末和民国时期，这些规定被逐步打破，瑶族男女可与外族通婚。瑶族的婚姻形式有两种：一是招郎上门，夫从妻居。二是女方出嫁，妻从夫居。子女姓氏可从母姓，亦可从父姓，男女都一样，实行一子（或女）均分，即一

莽山瑶家婚礼◎邓加亮 摄

人顶两姓，二子（或女）平分，老大随母姓，老二随父姓。孩子未出生时，就要跪拜祖宗灵位，以此说明将出生的孩子是给哪一姓的。

在传统习俗中，莽山过山瑶结婚时，“鼓乐相送，喧阗于道”，送嫁人数不等。距夫家二三里地，一支由鼓、锣、唢呐手、侍娘和十岁左右男孩组成的7人迎亲队吹吹打打相迎。离半里或一里时，夫家又来一队接伞妇女，将送亲人的伞和袋子接去，侍娘携引新娘先到夫家厨房拜见婆父婆母，再到厅屋神龛作揖行礼，然后在侍娘的帮助下洗脚，进洞房。酒宴不论桌数，用长方条桌和门板在厅屋上方及左右沿墙置席，先招待送亲来宾，然后依次招待其他来宾。轮番欢宴，连续不断。晚上拜堂后，主宾皆不睡觉，通宵饮酒至天明，新郎新娘亦不例外。婚宴上不用辣椒和青葱之类，以示新娘之纯洁。

瑶族古代迁徙频繁，逝者多用火葬，后袭汉族习惯采用土葬。其丧葬仪式却保留着瑶族固有的一些特点。瑶族老人去世后，请本族巫师“打开路”，做道场法事一天一夜或三天三夜。送葬之日，在灵堂前设置一坛子，孝子女和其他亲属轮番供奉一小碗饭于坛中。出殡前，师公高举燃烧的火把在屋内挥舞，口中念词，意在驱赶鬼邪；出殡时，孝子奉上盛满饭的坛子随灵柩上山，并将饭坛与死者同葬。安葬后的三天内，孝子每天早上为死者送一次洗脸水，其中第一天送至坟前，第二天送至半路，第三天送至门前泼掉。下葬后的第三个九天，子孙和亲戚各自从家中带一个竹织篾篓，内装纸钱，用树皮代替香请师公念经焚化。

长期以来，瑶族人民物资匮乏，生活艰苦，除了“火种粟黍活

莽山瑶家婚礼◎邓加亮 摄

命，麻豆安生”，一有空闲还需捕猎山兽补充粮食。直至民国时期，莽山瑶族人民仍以山芋、红薯等杂粮果腹度日。如遇饥荒之年，就得挖蕨根、摘艾叶等草根树叶充饥。瑶民谷米很少，常年难以吃上几顿米饭。新中国成立后，瑶人分得田地，特别是居无定所的过山瑶开始定居下来，种植水稻，饮食结构也随之发生变化，以大米为主、杂粮为辅。逢年过节普遍吃猪肉。

过去莽山瑶族居住在高山峻岭的幽僻之处，房屋多为草茅，“高只及肩”。部分定居或同化较早的瑶族，居室与汉族一样。民国时期，大多数瑶族建抖墙屋（指墙体不用砖块、砂浆、钢筋、水泥，全用黄泥或红泥夯抖而成的一种房屋形式，建筑材料全部就地取材，用料简单，成本低廉）。新中国成立后，绝大多数瑶民房屋改为砖瓦房，与当地汉族无异。

热情好客是瑶族的特点之一。瑶民习惯用甘甜的瑶山茶、清香味美的竹壳饭和自制的瑶家水酒招待客人。因多住高寒山区，为抵御严寒，瑶族男女老幼皆能豪饮。除酒之外，瑶族人民还喜欢喝浓茶。以砂罐置火上，将茶叶放入罐内滚沸的开水中，文火细熬成糊状，以能成丝为好。愈是贵客，则熬得愈浓。客至敬半杯，饮完再添，满屋茶香，使人提神健脑。

瑶民服饰具有浓烈的民族风情。他们穿戴自己刺绣的彩色图案服饰。妇女仍有剃发裹长绣帕的，两端垂璎珞，覆于两耳侧至肩，耳穿喜缀环，颈悬银圈，身着青布衫裙。衣服之胸、袖、领皆绣花和滚彩边布条，腰系红布，脚裹绑腿，着绣花鞋。男子也将头帕缠头，两端朝两额上方裹成双角状，身着青布衫。

瑶族是一个能歌善舞的民族。

莽山瑶族儿女历来能歌善舞，很多民间歌手随编随唱，出口成歌。瑶族歌曲流传下来的有《盘王大歌》《过山榜文》等历史歌谣，以及一些生产劳动歌、祭祖歌、情歌和谜歌、英雄人物歌等。《盘王大歌》歌词长达76段，为瑶族历史的长篇叙事诗，以天地人类起源、洪水故事、伏羲兄妹成婚、瓠祖先图腾崇拜以及瑶族社会经历作为吟唱歌咏的主要内容，七韵曲调，曲谱包含“黄起沙”“三步行”“满段曲”“荷叶怀”“南花盏”“抛江南”“梅花大碗”等，还有几韵杂谱曲。祭祀歌曲调专用，只在还盘王愿时由师公主唱，流传不广，一般在传统的盘王节时吟唱。塘坊村瑶民保存一扎黄底黑字的《过山榜文》长布卷，有1100字，据说传自唐代，一般在传统的盘王节时才展开来吟唱。

山歌是依据固有的几种曲调即兴赋词，有“讲歌”“报歇”两种。“讲歌”调子低沉，如讲如述，如泣如诉，在过节来客时歌咏对唱；“报歇”调子高亢委婉，莽山流行“拉发调”，歌手引吭高歌，音尖而绵长，一首四言歌词反复吟唱，野外山岭即有人唱和。瑶歌体裁大致有三种：一是四句七字一首；二是首句三字或五字，后三句为七字；三是一二四句为七字，第三句字数不等，多至十余字的也有。

莽山瑶族的传统乐器有唢呐、笛子、箫管、长鼓以及木叶等。瑶民还善于吹木叶，音尖细洪亮，传声甚远。过年、过节和婚丧喜庆，用唢呐、箫、笛等乐器吹奏，曲牌有《满堂红》《喜洋洋》《拜堂曲》等。

瑶族长鼓舞瑶语叫“挨汪都”，又称“打横鼓”“调花鼓”，可惜莽山瑶族长鼓舞现已失传。在莽山瑶族中较流行的还有花棍舞，舞者手持6尺长竹竿，外缠彩纸条，掏空竹节，中置几个铜钱，舞时哗哗作响，动作有36套，表现择地建房、伐树架屋等一系列筑房的过程动作。在表演猴舞和青牛舞时，演员都戴着面具，祈求丰收和平安，

莽山瑶族服饰◎邓加亮 摄

舞蹈优美、滑稽。

瑶族的节日很多，几乎每个月都有节日。

莽山瑶族最大的传统节日是盘王节（过山瑶的盘王节又称还盘王愿）。莽山瑶族至今仍保持着靠山吃山、靠水吃水的风俗习惯，穿着也十分简朴，但在盘王节这天，每家每户都会穿上节日盛装。

相传12姓瑶胞在迁徙的漂洋过海中，遇到风浪阻挡不能渡到彼岸，危难中祈求盘王保佑，才得以平安到达彼岸。为报答盘王恩情，就做各式斋坛还愿。有灾难许愿、如愿后还愿报恩的习俗世代流传下来。

盘王节有单家独户举行的，也有全村人举行的。每到农历十月十六日这天，莽山瑶胞便身着民族服装，敲长鼓，跳瑶舞，唱瑶歌，为始祖盘王贺福祈祷。在庙中瑶王殿安放瓠夫妇及其子女十三尊木雕彩绘像，悬挂“满堂众圣”等彩色神像，张贴“法事成规，七日七宵六法士；歌堂体制，四男四女一歌堂”的对联。其仪式程序繁杂，内容丰富，用吟诗、吟唱、叙说、舞蹈来祭祀盘王先祖，追溯历史。2012年，莽山瑶族盘王节被正式列为省级非物质文化遗产。

其次是起春节、团圆节。

起春节每年三月十一日举行。据传是先祖在七贤洞会稽刀耕火种开劈山岭的春耕纪念日，意在催春，求禾苗茂盛。团圆节在农历七月初七，旨在纪念盘王子孙受封成亲。

此外，三月初三家家户户吃染色糯米饭，叫“谷魂”，杀鸡祭祖；五月端午节喝雄黄酒，在大门上挂青藤以避邪；八月选良辰吉日吃新米饭，过新米节，祭“谷娘”和祖先；九月重阳节格外庄重热烈。这些节日习俗都源于瑶族的传说故事。

二

坐落于莽山脚下笆篱镇的腊元古村，被评为中国传统古村落、湖南省特色旅游名村、省级文物保护单位、省级历史文化名村和国家AAA级景区。

明洪武二十八年（1395），腊元开村始祖四品都尉陈闻中从湖南茶陵卫奉调至宜章笆篱堡戍边；永乐九年(1411)，移居腊元奠基，繁衍生息，开枝散叶。明正德年间，莽山、西山爆发龚福全等领导的瑶汉农民起义，陈家人作为军户后人，协助朝廷镇压起义，立下功劳。明嘉靖三十九年（1560）冬，腊元村新建祠堂“雍睦堂”，族人依堂兴建民居二百余幢。

宜章是中原与岭南往来、交流的要冲，古称“楚粤孔道”，大量人流、物流经此地南来北往。据旧县志记载，“（宜章）县处湘粤冲要，南北商货转输关键”“粤盐运销湘境，县内多盐埠，以此致富者

亦多”。清乾隆年间，腊元村利用流经村旁的乐水河，打开了经武水到广州的贸易通道，开始发家致富。此后，腊元村大肆购买土地，又重修祠堂，形成了现在三进两天井的格局。祠中神龛供奉开村始祖千户公陈闻中夫妇坐像，上方匾牌上刻“雍睦堂”三字，门楼悬挂“建威将军”“奉政大夫”“旨旌表节孝”“孝廉方正”等匾额。村内大户也大兴土木，腊元古村规模由此形成。

古村占地64600平方米，现保存古民居220余栋，古宗祠1座，八角楼1栋，古井4口。古民居大体呈六纵十排布局，户户墙体相连，每户由厅屋、正房、厢房、天井等组成，均为青砖、青瓦两层砖木结构的清中晚期建筑风格，硬山顶、封火墙、瓦面两倒水；门槛是雕花的青石，门楣木雕而成。古民居门窗、额枋、梁柱、檐下有精美的雕刻和绘画，以及人物、山水、花鸟、福禄寿喜等吉祥图案的灰塑。房屋之间有巷道相隔，既便于交通，也利于防火。巷道相对狭窄，两侧均为高墙。设碉楼5座，围墙数千米，碉楼、民居、巷道有瞭望孔、射

腊元古村 © 陈华东 供图

击口、栅门，以防匪盗侵扰村中百姓。

陈氏宗祠“雍睦堂”记录了腊元陈氏的家族传统与曾经的辉煌。

宗祠一开三进，为砖木结构建筑，约180平方米。由低而高，寓意步步高升的二檐马头墙，是开基始祖陈闻中夫妇的祭祀地。宗祠一进卷棚书“乐善家风”四字，诠释了腊元陈氏“忠厚传家、乐善好施”的品格和“与人为善、乐于助人”的风尚。宗祠纵梁、横梁、月梁、抱头梁、雀替、天花雕刻精美的龙纹、麒麟、飞禽、走兽及花卉镂空雕和浮雕。门帽上悬挂腊元陈氏正本清源、认祖归宗的“陈氏宗祠”横匾。一进天井内一块由万千鹅卵石镶嵌的前坪，挨挨挤挤，相拥相携，寓意陈氏子孙发达兴旺，繁荣昌盛。二进是享殿，原有明永乐九年(1411)朝廷表彰陈闻中剿除西、莽二山匪患，戍兵屯田有功嘉封的“建威将军”匾额，并有地方官府封赠的“元龙世第（陈元龙，东汉末年广陵太守，据传为腊元陈氏先祖，智谋过人，学识渊博，好扶困济民）”“奉政大夫”“旨施”“表节孝”等古代旌表，表彰先辈的忠勇、孝廉行为。现还保存有先贤后秀的“甲第吐香”“德高聚秀”“淑慎遐龄”“祖德悠长”功德牌匾。三进寝殿陈闻中夫妇塑像上的“雍睦堂”贺匾，是腊元门婿、清进士刘尧慧在改建宗祠落成时题赠的。神龛左右有楹联“仑奂更新瑞映睦堂多宏图；乾坤重整祥开弘献兆人文”。

从莽山上流下的溪水绕村而过。腊元先民利用溪流修通了明沟，从各家各户门前过，还连通村里的五口古井，方便了村民取水饮用，也清洁卫生，还利于防火。水流汇入村前两口月牙形明塘，再灌溉前面稻田。

两口月明塘一大一小，大塘约6亩，称“外明塘”，小塘约3亩，称“内明塘”，合成一个圆，酷似八卦图形，隐含“阴阳相

腊元古村◎陈华东 供图

交、天地人合”的道家理念。“明塘”谐音“名堂”，陈氏希望族人无论在外入仕、经商、求学还是在家从事农耕，都能做得风生水起，弄出名堂。

内外明堂合起来，又好像一个水墨相融的大墨盘。明清时，塘岸边有族人考取功名，竖起二十余副桅杆——桅杆为笔，青石为墨，大地为纸，明堂如墨，笔墨纸砚齐现腊元，意为陈氏书香传家，文风永盛。事实上，腊元先民十分重视文化教育，培养了一大批文化人。

腊元村景色瑰丽，清朝康乾时期，先民挑选了八处风景列为村中“八景”，村中八名监生、庠生、业儒各赋诗一首，流传至今。

（一）乌纱展翅

“乌纱展翅”位于腊元村后龙山纱帽岭，是腊元村的主脉之一。其状远观如宋代官帽，帽顶、帽翅完美无缺，惟妙惟肖。

枕山顶上有乌纱，两翅撑开映月华。
试问公侯钟甚种，簪缨多半自儒家。

（庠生／陈应举）

（二）仙人着棋

“仙人着棋”在“乌纱展翅”的右下方一岩洞内。岩洞分前厅、后廊，后廊深约数里，鲜有人入。前厅宽约 30 平方米，可同时容纳数百人。厅中有几柱半人高的石笋，石笋中间有块桌面大的平整石头，从岩洞口看去，好似几个人围着桌子下棋，故名“仙人着棋”。

仙人岩内喜敲棋，排阵频探造化奇。
动静方圆真莫测，橘中老叟早潜窥。

（业儒／陈文拔）

（三）白鹤衔珠

“白鹤衔珠”在纱帽岭的左侧，形状恰似觅食归来的白鹤，长长的嘴正在吞食河蚌，远看像是鹤嘴里衔着珠子。

胎化仙禽唳九皋，玭珠浅抱濯洪涛。
休弹燕雀须珍重，早献昆池海月高。

（庠生／陈应贤）

（四）蝴蝶联飞

“蝴蝶联飞”与“双童论道”在同一地。在“双童论道”中间的空间地带，有几户农家的土砖房掩映在丛林中，每遇早晚生火做饭时，炊烟袅袅从林中飘起，恰似精灵在树梢间蹿动，在“双童”旁嬉戏，有如蝴蝶纷飞。

芍药坡前纷蝶飞，漆园入梦呈金微。
香须早现福基岭，不俟藤王画里挥。

（监生／陈应鹏）

（五）高桂耸冠

“高桂耸冠”在村前辽河边。河沿岸种有多株桂花树，因桂树树冠形似帽子而得名，亦有“月中折桂”之意，祈盼族人科考中榜。

桥边丹桂碧烟团，云外飘香耸玉冠。
翠帽戴归乘驷马，缨悬金粟万人看。

（庠生／陈应抡）

（六）双童论道

腊元村门楼正对面有两座独立小山，高矮相仿，形似两童相向侍立，似在欢歌戏语，又似论道诵书。

庭前峻岭似双童，论道咸钦命世雄。
顽石点头神解悟，天花乱坠启群蒙。

（庠生／陈应元）

（七）摇船进宝

腊元村在村前河埠设有码头，船只从辽水入北江，再入珠江，热闹异常。这繁华的码头被称为“摇船进宝”。

椟韫璠玙希世财，锦帆遥载破云来。
岂同燕石滋群哂，待价须呈璧玉台。

（监生／陈应高）

（八）音流钟鼓

腊元村前辽河上，有一座石拱桥跨河而立，有如金钟，与水中倒映合成一圆，又像一面大鼓。拱桥上方数十米处有一水坝，流水短瀑，水声叮咚，水韵绕桥，声如击鼓拨瑟。

滩传钟鼓奏弦歌，音澈清宵谱太和。

骇浪惊涛皆雅韵，淙淙协律佩鸣珂。

（庠生／陈应权）

自开村以来，腊元先贤就有着尚武、重文、崇德、勤耕的传统，流传下来的一系列人文风物都有着独特的风情。

夜故事是宜章县历史悠久的地方传统群众性民俗文化活动，每逢春节，从初一到十五元宵期间，或单家独户，或多户联合，或以群团、单位组织表演夜故事。故事游展时，火把通明、爆竹轰鸣、锣鼓喧天，观看群众人山人海，万人挤街。夜故事因活动时间在夜间进行而得名，其表演形式是将民间传说、神话故事、著名文学、戏剧人物和各时期的新人新事等，用戏剧手法将真人化装、着装、造型，配以简单的道具和场景，将故事游行展示。故事人物自己走的叫“走故事”，用台架抬着走的叫“抬故事”，如果是骑着马走的叫“马故事”。

1995年，湖南省文化厅授予宜章县城关镇为“夜故事艺术之乡”。2010年，“宜章夜故事”入选第三批国家级非物质文化遗产。

腊元夜故事是由宜章夜故事沿袭而来的支脉。明末清初时，宜章城里的商贾演化形成夜故事。而后，各乡村在县城做官、经商、务事的有心人把它引进家乡，形成各具特色的地方夜故事。

腊元夜故事有自己的特色，其题材多是祁剧片段，把一些经典段子（或唱段或武打）挑出来，做故事节目。每个节目约一两分钟，边走边演。与宜章夜故事不同的是，腊元夜故事只走不唱。宜章夜故事每个节目有自己的锣鼓，而腊元夜故事则是全村形成一个整体，不论有多少节目，击鼓敲锣的专门有一班人，一色的斗桶鼓，声势浩大、气氛浓烈，令人精神振奋，几里之外都能听到。腊元夜故事出演时间一般为每年的正月初一到二月初一，出演时有定式：开始进村时领头人要先送拜帖并行拜年礼，对方会客客气气地端出过年礼品招呼全村人。

腊元夜故事除了戏剧故事外，还有灯谜故事。灯谜故事是由人举着贴有谜面的灯箱供人猜谜，猜中会有奖励。不仅内容丰富多彩，声势也十分浩大，每次活动，包括演员、锣鼓、火把、勤杂，一般有两百人左右。

墨碗米饼是腊元村独有的一种风味食品，起源于六百多年前的明朝初期。当年腊元村始祖陈闻中进山剿寇，把山寇围困在溶家洞。老百姓闻讯之后，做了一种形似墨碗的米饼前来慰劳官兵，官兵们吃着香喷喷的米饼，士气大振，全歼了山寇。后来，陈闻中部下将士都学会了做这种状似墨盒（碗）的米饼，并据形命名为“墨碗米饼”，墨碗米饼也成了部属军民逢年过节、讨亲嫁女、老人寿诞、小儿三朝等的吉祥喜庆特色食品，并传承到今。

墨碗米饼以糯米、花生仁、红糖为原料，虽用料简单，但是工序复杂：先把糯米用冷水浸泡一天一夜（泡到用手指一捏就成粉末为宜），把米沥干后放到锅里，用文火炒至金黄色，透出浓郁的米香即可，出锅后摊在纯棉布上（铺在地上）回潮，摊凉后加入花生，用石磨磨成粉末。把米粉倒进大盆里，将红砂糖熬成的糖醋按比例倒入米粉，再用双手搓揉，直至“手握则粘，手松则散”。最后放进早已用坚木做好的阴阳模子里，阴阳一合，米饼就做成了。成品米饼形状像

腊元夜故事（资料图）

铜质墨碗，外径6厘米，内径4.5厘米，内底径3.5厘米，高2厘米。外观秀气，吃起来甜而不腻，香糯怡人。

腊元一带还流传着一道脍炙人口的菜肴——猪三宝。它以猪鼻、猪耳、猪尾为原料。猪三宝取料十分严格，不能掺假，刷洗干净后先用水煮沸，去除肉腥等杂味，再用浮油、甜酒、八角、姜、蒜等配料卤成枣红色，再捞出切块，最后放入锅里焖熟。猪三宝的每一宝都香而不腻，其肉质各有风味。

2011年 1月 24日，湖南省文化厅公布腊元古民居为省级文物保护单位。国家《文物保护法》规定，古民居文物受法律保护，不得拆建，只能维修，且要修旧如旧。随着村民生活的不断提升，生活方式和人口结构不断发生变化，古民居已不能满足现今生活的需求，特别是在水、电、厨、卫、交通诸方面，更不能适应新形势下的乡村振兴。

根据党的有关政策以及村民的一致要求，经村中有识之士倡议，由市派驻腊元村工作队牵头，经村支两委、全体党员、各组组长村民

曾散 摄

代表反复商议，决定建设腊元新农村，开辟古民居旅游区，并成立“新农村规范建房理事会”负责新村建设。

新村地址位于雷家岭下，辽河河畔，距古民居约400米的北面，新旧两村相互呼应，风水同脉。古八景中的“摇船进宝”“音流钟鼓”“高桂耸冠”“双童论道”“蝴蝶联飞”五景均在新村周边。新村于2016年2月正式启动，初步规划面积约90余亩。第一期筹集资金290万元，规划面积59亩，新建房屋101栋。根据“统一房屋布局，统一建筑风格，统一建筑面积”的规定，每栋房的建筑宽11米、长11.5米，总面积126.5平方米，房高三层半。第一排房的房前路面宽9米，第二排至最后一排房的路面宽4米，门前巷面青石板宽3.5米。一律仿明清建筑灰墙青瓦外观，融合别墅样式，室内以现代结构而建。

新村前依辽河流水，后傍雷家岭绿荫，远承纱帽岭庇护，周围古五景相拥，南面与仿宋徽派建筑的村委会一巷相隔。在新村与村委会的接合部，还砌有一座浓缩了腊元古村景致的小文化墙。

古村绽新颜。迄今，已有超60户腊元村村民搬进了新家。

第十章

周洁纯 摄

名人记

MING REN JI

一方水土养一方人，人杰地灵的莽山，养育了大批优秀儿女。

莽山古为瑶族居住地，地形复杂，山峰尖削，沟壑纵横，气候温和，雨量充沛，森林植被种类繁多，千百年来逐渐形成了独特的格局，热带、亚热带、温带，包括少数寒带的森林植物都能安身于此。莽山受第四纪冰川的影响少，很多第三纪或更古老的植物因此得以保留下来。这里拥有地球同纬度最大的一片原始森林。这里有超级国宝“莽山烙铁头蛇”及南方红豆杉等50余种国家重点保护的野生动物和植物。

长乐河是珠江的发源地之一，在莽山蜿蜒而下。这里资源丰富、风景壮丽，宛如镶嵌在湘粤边界上的绿色明珠，是生态旅游、避暑、休闲度假的胜地。

人处高山之巅或处大海之滨最易生豪情，莽山之险峻、之巍峨，山中云海之壮阔、之缥缈，吸引无数文人墨客来此采风创作，这里丰富的风土人情故事也为众多文艺作品提供了优质的素材。

早在20世纪80年代初期，谭谈、古华等作家来到莽山采风创作，很多著名文学作品就诞生于莽山或者书写莽山的人与事，比如长篇小说《芙蓉镇》获评首届茅盾文学奖，后改编成同名电影反响强烈。

同时，莽山也成为许多影视作品的拍摄取景地。1982年上映的经典老电影《赛虎》大部分镜头都是在莽山拍摄完成，这年上映的另一部电影《山道弯弯》也曾来到莽山取景。

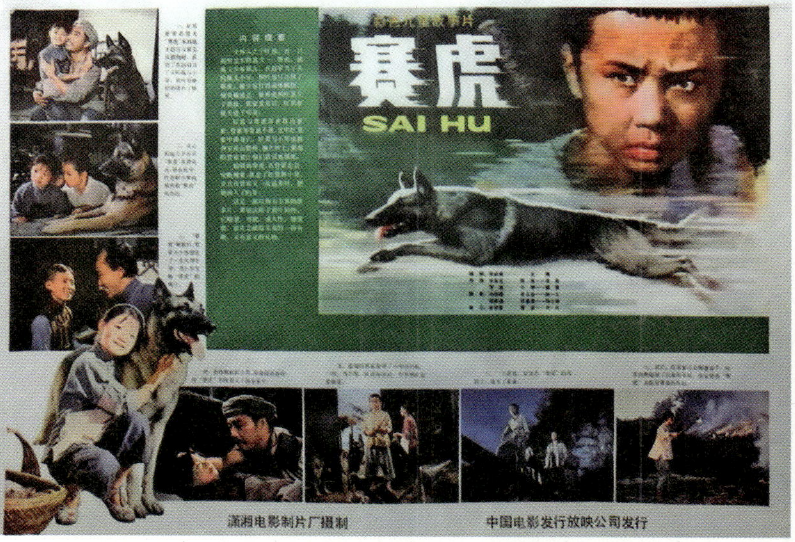

1982年上映的电影《赛虎》海报，该电影大部分镜头取景于莽山

1982年上映的电影《山道弯弯》海报，该电影曾在莽山取景

1987年上映的电影《芙蓉镇》海报，该电影原著小说创作于莽山

《流浪地球2》官方认证莽山为电影保护地球生物多样性灵感合作伙伴海报

几十年来，莽山不断地与文艺家碰撞出艺术的火花。

2023年1月31日，春节档热映电影《流浪地球2》突破票房27亿。当天上午9点左右，《流浪地球》原著小说作者、著名科幻作家刘慈欣为莽山"打CALL"的视频火爆全网。刘慈欣在推荐莽山时

说，人们对奇异生命形式的想象远超科幻的历史，新的物种也给了科幻作家全新的灵感。《流浪地球2》官方认证了莽山为电影保护地球生物多样性灵感合作伙伴，莽山也成为《流浪地球》系列书籍、《三体》立体书科幻合作伙伴。

莽山文旅活动新闻报道截图及海报

2023年8月，与莽山相约的还有两位音乐名人——国际钢琴大师郎朗和国乐大师方锦龙。钢琴代表的是西方现代音乐形式，国乐则代表了东方古典音乐形式。两位音乐大师邂逅于莽山，在这大自然鬼斧神工造就的奇幻仙境中，音乐的艺术性与这里的奇山、秀水、幽林、怪石以及仙境云海所展现出来的奇幻文化属性激烈碰撞，进一步激活了这里的奇幻自然生态乐章。

一方水土养一方人。人杰地灵的莽山，养育了大批优秀儿女，也吸引了不少外地人前来，共同绘就了一幅莽山群英图。

一

2022年3月3日，"感动中国2021年度人物"揭晓，来自湖南宜章莽山的江梦南名列其中。

江梦南，1992年出生于莽山一个瑶族家庭。父母为她取名的寓意是岁月静好、梦里江南。但是天不遂人愿，在她半岁时，由于耳毒性药物导致极重度神经性耳聋，左耳损失大于105分贝，右耳听力完全丧失。

在人的听力范围内，大约低于25分贝的声音就听不见了。江梦南的左耳损失听力达105分贝，这就意味着只有130分贝以上的声音她才有可能听得见，而喷气式飞机的发动声也不过80分贝。

失去了听力，随之而来的，就是将会失去说话的能力。

江梦南的父亲赵长军和母亲江文革"不甘心"，带着女儿从莽山到郴州、长沙，再到北京，一路寻医问药，最终不得不接受了现实。

夫妻俩想着女儿以后只能进聋哑学校，不禁心头一震。赵长军心里忽然冒出一个大胆的想法：教会女儿说话。

但是，想要教会一个近乎没有听力的两三岁的孩子说话，难度可想而知。

江文革买回来几张挂画，挂在家里最显眼的地方，有动植物、生活用具、交通工具……江梦南一下子就被花花绿绿的画吸引住了。

每幅图案下面都标着名称，江梦南最初的学习，就是从认这些字开始的。家里的镜子是课堂，也是黑板。两口子轮流抱着女儿，对着镜子教。

怎么教呢？先让小梦南记住图案下面的一个字，再一起对着镜子做出口型。不到两岁的小梦南就已经很懂事了，自从在北京的姑姑家里自己发出声音让爸爸妈妈那么高兴后，她似乎知道了，只要自己喉咙里动一动，嘴巴像爸爸妈妈一样地张开，爸爸妈妈就会很高兴，会向她竖起大拇指，会轻轻亲她的脸，所以她很愿意配合这样的“游戏”。

可一个简单的口型，对生活在无声世界里的小梦南来说，意味着可以发出无数种声音来。

她一个一个地试，赵长军和江文革一次一次地纠正。这个不对，那就换一换；还是不对，就再换一种。

“铁树都能开花，不着急，我们慢慢来。”赵长军安慰着妻子，也是在给自己打气。

赵长军说，最开始教女儿认字，靠的是坚持，同时也是靠运气。

一个简单的字，往往要花上许多遍才能让小梦南发出正确的音来。多少遍呢？一百遍，一千遍，还是一万遍？谁也不记得了。

靠着这种办法，江梦南记住的字越来越多了。随手往挂画上一指，还没等爸爸妈妈开口，她就抢先说了出来。

2022年3月3日晚，《感动中国2021年度人物颁奖盛典》在中央电视台播出，从莽山走出去的“清华女孩”江梦南获评“感动中国2021年度人物”（视频截图）

慢慢地，他们开始教女儿学会发更复杂的音。要发出更复杂的音，就必须保证舌头的灵活。怎么让女儿的舌头更灵活，赵长军和江文革绞尽脑汁想了很多办法。有一天，看到外面的小朋友嚼着泡泡糖，吐出大大的泡泡，赵长军心里一动：这也是锻炼舌头的好办法，于是赶紧去买了一盒回来教女儿吹泡泡。

坚持了半年的训练，让小梦南学会了更多的字，发对了更多的音。

为了能更科学、系统地教会江梦南读书、认字，江文革自费去湖南省聋儿康复中心参加培训班，成了班上唯一一个非特教专业的学员。

1999年下半年，江梦南进入莽山林管局子弟学校读小学。

上了小学的江梦南学习起来比别的同学更努力、更刻苦。上课不敢走神，连眨眼都比别人快，生怕错过老师的一个口型，黑板上的板

江梦南和父母在一起（资料图）

书更是一字不落地抄下来。每当下课时，她总有课堂上弄不明白的问题，看到同学们起身时，她也赶紧站起来，大声喊着正在往外走的老师，拿起作业本，小跑过去抓住老师的衣角，指着本子上的问题，要老师解答。

江梦南在学校也交到了好朋友。她的同学刘纯欢，住得离她很近，差不多天天和她玩在一起，上学放学也几乎都和她一起走，小小年纪就知道走路的时候把梦南护在靠里面的那边。她们的友谊从小学开始，一直延续到了现在，成了好闺蜜。梦南上大学、读硕、读博时，每次假期回家，时间再紧也会去找她，和她说说心里话。

因为比同龄的小朋友迟一年入学，为了和大家同一起跑线，四年级过后的暑假，江梦南鼓起勇气对爸爸妈妈说，我想要读六年级，赶上原来的同学们。

跳级，就意味着要在暑假里把未学的五年级课程全部补上。把两个学期的学习内容压缩在两个月里吸收消化，这是个大工程。

针对女儿的情况，赵长军把五年级的课程分解再整合，紧凑合理地安排在两个月的时间里。他又为女儿制订了一个学习计划：每天上午正常学习，分成两节课，语文、数学各一节，然后休息一会，看看电视里带字幕的新闻，练练读唇能力。吃饭、午休后再学习两个小时，下午稍微放松一下，骑骑单车，跟小朋友出去玩耍。晚上吃完饭，再学习几个小时。一天中的学习阶段，他都做了明确的时间安排。

在父母的帮助下，江梦南在暑假期间自学完了小学五年级的全部课程，经学校同意后正式升入六年级。

2004年夏天，江梦南带着“市级三好学生”的荣誉小学毕业，进入郴州市第六中学就读。

因为情况特殊，她是学校里唯一一个可以带手机进校园的学生。她把手机调成震动模式，设置了好几个闹铃，睡觉之前将手机抓在手里，这样到了时间手机会震动，她就能醒来了。

中考时，为了照顾她的特殊情况，郴州市教育局派出工作组，会同残联、民宗委一起到郴州市六中实地了解情况，又带着她来到郴州市人民医院耳鼻喉科进行一次严格的听力测试，最终批准了专门为她开设单独听力考室的决定。

那一年，江梦南以七门功课全A的优异成绩走进了郴州市明星学校。

紧张的高中生活里，江梦南一门心思扑在学习上。她听不见老师的讲课，越来越难懂的学科知识也让她的思维时常跟不上老师的口

长篇报告文学《追梦天使江梦南》

型，成绩也曾一度下滑，她着急过，但内心深处并不惊慌。她一次次地告诉自己，你已经长大了，总要独自去面对一些未知的困难，也要试着去解决一个个难题。听不见，这是无法改变的事，但也给了她一个绝大多数人无法拥有的绝对安静的环境。

她永远都相信丑小鸭最终变成白天鹅的故事，也明白不经一番寒彻骨，怎得梅花扑鼻香。她是班上最早到教室的几个学生之一，也是最晚离开教室的那个学生。

2011年，江梦南以高考总分615分的好成绩被吉林大学药学专业录取。

在大学课堂上，她一如既往地通过老师的口型来“听”课，也一如既往地跟不上教学节奏，更是一如既往地靠着自学把知识消化。来自天南地北的同学们，有不少知道她的情况，也会和她的中学同学一样热心、贴心地帮她补齐她无法及时记下的课堂笔记。

她学的专业离不开实验操作。即便是老师把她的座位安排在最前排，但在看口型的同时还需要记住老师的操作步骤，她也是应接不暇，十分吃力。这时，老师会耐心地解答她的问题，旁边的同学也会为她解说实验的内容。

她知道自己的劣势，大学课堂的知识越精深，她就越需要跨过比以往更多的坎坷，越需要看书、思考。比别人慢一点不要紧，只要一直坚持着往前迈步，她就不会掉队。笨鸟况且知道先飞，她又有什么理由不飞呢?

在吉林大学的本科阶段，她以430分的笔试成绩通过了英语四级考试，又以505分的成绩把英语六级拿下了。

四年大学，她不敢让自己太过清闲，连续三年获得校级奖学金，连续两年获得东荣奖学金和白求恩医学奖学金。大三那年，江梦南又获评吉大学生最高荣誉之一的“自强自立大学生标兵”。她的事迹感染、激励了数万名吉大学生。

2018年，江梦南获得了年度自强自立研究生称号，结束了她的硕士学业，并顺利通过了清华大学生命科学学院的博士研究生面试。

在此之前的一个月，她接受了右耳人工耳蜗植入手术。时隔26年之后，她再一次清晰地听见了这个世界原本的声音。

这年的8月，江梦南走进清华大学，成为生物信息学专业的一名博士生，研究和免疫相关的机器学习建模课题。

她的室友李乐，第一次见到她本人的时候，说：“哇，就是一朵向日葵盛开在面前！”

2023年1月14日，江梦南从北京回到家乡莽山，为郴州文旅代言。

我是江梦南，我向大家推介我的家乡——莽山。中国原始生态第一山，全国首家全程无障碍山岳型景区。莽山四季皆风景，春赏花，夏消暑，秋观满天星辰，冬看云海冰雪。我们可以到天台山感受云山云雾绕、霞光漫金山的缥缈；到将军寨感受万壑纵横峭、胸中百万兵的豪情；到猴王寨感受清溪冲天下、氧吧胜天庭的惬意；到五指峰感受莽山有大爱、脚下无障碍的魅力；到千年瑶寨感受灿烂而悠远、古朴且典雅的风情。走遍五大洲，最美有郴州。攀登天下山，大爱在莽山，欢迎大家来莽山打卡，预祝第二届湖南旅发大会圆满成功！

二

2002年6月23日，全国著名作曲家王佑贵到莽山采风，并为《莽山谣》编曲。王佑贵说，他从小就会唱《莽山谣》，但时代发生了巨大变化，原来的词和曲已经不太适合现状，都得改动。

在时任宜章县委书记袁佳游的穿针引线下，王佑贵与郴州诗坛的领军人物袁伯霖合作完成了《莽山谣》的改编。

莽山九十九座山
乐水九十九道湾
山山长满相思树
湾湾都是相思园
……

王佑贵，1949年出生在莽山脚下不远的宜章县栗源镇迳口村，父亲是乡里有名的乐师，吹得一手好唢呐，母亲是客家人，喜爱唱歌。王佑贵是听着母亲的歌声，伴着父亲的唢呐声长大的，从小就在心中萌发了音乐的种子。

凭着一根竹笛，一个农家小子闯进了音乐之门。

当年上学时，学校离家有三十里山路。在路上休息时，王佑贵就拿出竹笛吹母亲唱过的歌。几年下来，他练就了一手娴熟的吹笛技艺。

15岁那年，王佑贵初中毕业，正赶上宜章县文工团招生。他凭着那支自制的竹笛，吹得招考老师频频点头，也顺利进入县文工团，成了一名专业演奏员。后来，王佑贵因故离开文工团，回到了秀水河边那个小山村。

回了老家，但他并没有放下心爱的笛子。耕作之余，他都会一个人默默地走到秀水河边，坐在石块上吹上几曲。一个偶然的机会，他得知湖南师范大学的周家澧老师来到宜章招收民族吹管乐学生。等他赶到县城时，周家澧却已离开宜章去了郴州市。王佑贵一路追到当时的郴州师专，终于见到了周家澧。

听了王佑贵的竹笛演奏后，周家澧改变了招生计划，特准他参加文化考试。就这样，1978年，王佑贵成了湖南师大艺术系的一名学生。

王佑贵后来多次感慨，“如果那次没有追上周老师，我就进不了湖南师大了。”而以后的一切，也都无从谈起了。

四年后，王佑贵以优异成绩毕业并留校任教。此后，他先后在武汉音乐学院、北京艺术研究院音研所、中央音乐学院进修深造。

在那一时期，王佑贵的创作激情被点燃。《哥哥把你拴在心头》

一炮打响，磁带在内地发行近80万盒；《活着不容易》在中国文联举办的“如意杯”歌曲大赛中夺得金奖。

1989年，年届不惑的王佑贵带着初创成功的喜悦，短暂回到原单位后，辞职南下深圳。

几年的教书生涯，让他深切体会到了为人师表的真正含义。离开教师队伍后，他心中百感交集。1992年，在第二届全国“虹雨杯”歌词大赛上，一篇歌颂教师的歌词《长大后我就成了你》获得一等奖第一名，作者是当时名不见经传的宋青松。

看到歌词后，王佑贵再也抑制不住内心的情感，当即花了整整一夜的时间完成了作曲。《长大后我就成了你》于1993年获全国首届MTV大赛金奖，在1994年的中央电视台春节联欢晚会上，由宋祖英演唱后更是家喻户晓。直到今天，每逢教师节，这首歌仍是必唱曲目。

1994年，词作家蒋开儒得知广东省将举办青春歌曲创作大赛的消息后，找到王佑贵，并给他一份歌词。一开始，王佑贵觉得歌词字数不好配曲，在心里哼了几个调，都不满意。后来，他改用湖南话反复朗诵着歌词，又融入民间小调的风格，二人用一个半小时完成了初稿。

二人带着词曲找到了广东省青联常委叶旭全。

叶旭全对歌词进行了二次创作。他首先对歌词进行了结构精简，将原来的三段改成两段，歌曲时长由7分多钟压缩为4分半钟左右。这首歌蒋开儒本是写给深圳的，叶旭全改动词句，比如将原歌词的“啊，深圳、深圳，你是改革开放的试验田”改为“啊，中国、中国，你迈开了气壮山河的新步伐，走进万象更新的春天”等，整首歌曲的立意从深圳提升至全中国的高度，从建立特区提升至改革开放的

王佑贵（资料图）

大业，格局一下子打开了。原歌词中的“南中国”改成了“中国的南海边”“你挣脱一穷二白的铁锁链，走进了乍暖还寒的春天”改为“你展开了一幅百年的新画卷，捧出万紫千红的春天”等，不仅导向正确，也更加妥帖、精准，意境优美。

王佑贵进一步完善了曲调。歌词修改后，境界得到了升华，语言朴实，却写出了史诗般的高度。王佑贵继续改了几版，却始终无法表现出那种划时代的恢宏豪迈。那天晚上，睡到凌晨三点多钟，他突然想起戏曲中表现大人物出场都有个鸣锣开道的氛围，灵光一闪，赶紧爬起来，打开钢琴，加上一段合唱，“将南方的秀美与北方的粗犷糅合”，一首大气磅礴的歌曲成型了。

几经锤炼后，焕然一新的参赛作品获得了当年广东省青春歌曲创作大赛金奖，又在短时间内传遍了五湖四海，响彻了中华大地。

这首歌，就是——《春天的故事》。

作为中国改革开放的代表曲，《春天的故事》先后获得中央电视台第二届音乐电视大赛金奖、中宣部第六届“五个一工程”奖、金钟奖等奖项；1997年，被选作十二集大型文献电视纪录片《邓小平》的主题曲；2019年12月，入选“歌声唱响中国”——最美城市音乐名片十佳歌曲；2022年5月，入选中国艺术研究院发布的在“讲话”精神的照耀下百部文艺作品榜单。

这首饱含浓郁的情感与时代气息的歌曲，是迄今为止获得国家奖项最多的金曲。

2000年，王佑贵被调入中国歌舞团任创作编辑中心主任。他创作的《长大后我就成了你》《春天的故事》《归去来兮》和《真情永存》连连获得中央电视台MTV金奖，令他成为“四连冠”唯一得主。

虽然常年生活在外，但王佑贵始终没有忘记家乡的山山水水，为

《莽山韵》作词：罗夫　作曲：王佑贵　演唱：张也（视频截图）

家乡创作一部音乐作品是他多年的愿望。近年来，王佑贵将自己的才情奉献于笔端，连续为莽山创作了几首脍炙人口的歌曲。看到宋甲武先生撰写的《莽山游》歌词后，王佑贵欣然谱曲，并邀请原总政歌舞团歌唱家雷佳演唱，一起歌颂莽山壮丽的自然风光。歌曲清丽悠远，意境旷达，余音袅袅。

《莽山韵》是王佑贵为莽山奉献的另一首作品。2013年，他回到家乡拍摄《莽山韵》MV。在拍摄过程中，时年65岁的王佑贵不辞辛苦在莽山中辗转，他要把家乡最独特的风光展示给观众。王佑贵说："莽山大美，不身临其境，不知其味。"

林如海/花如潮
青山入云霄啊
雾如纱/云似锦
飞来相思鸟啊

蝶儿花丛戏
百鸟枝头闹
叮咚咚的山泉
呼啦啦的荡林涛
心随歌飞绿拥怀抱啊

林如海/花如潮
青山入云霄啊
水如镜/瀑似练
银河落九雪啊
鱼儿涧底游
珍禽岸上跑
光灿灿的金杯
绿悠悠的连天桥
……

2023年2月1日，王佑贵在接受湘视频记者采访时，面对镜头向广大网友发出邀请：“莽山是我的家乡，有许多奇特的风景。今天建成全国首家无障碍山岳型旅游景区，让您轻松快乐地领略到莽山绝美风光。攀登天下山，大爱在莽山，欢迎大家来此一游！”

君临莽山，相得宜章。这也是这座大山和这片土地对每一位旅人的盛情邀约。

后　记

写到这里时，离第二届湖南旅游发展大会开幕还有整整一百天。

我的家乡郴州是今年旅发大会的举办地。今天，整个城市都充满了“决战一百天，办好旅发会”的激情和斗志，像实时的天气一样火热。

在这个史上最热的夏天，家乡正紧锣密鼓地准备着要拿出最好的状态来迎接盛会。我在三百公里开外的省会长沙，为这本书写下最后几段文字。

书名《莽山传》。这是一个宏大而又宽泛的命题，而全景式为莽山的山山水水立传，无疑是一项我目前难以完成的大工程。我只能偷巧地选取一些容易下笔的人、物、事，以一个外来观察者的角度，先由浅处着手，再一点一点深入腹地。

我当然明白，对于这座存在了亿万年之久的大山，她的高度与厚度，无论用怎样的笔力都难以触及万一。但这座山始终都沉默地站在这里，跨越历史长河，为她的儿女们提供了一个遮风避雨的家。从一个时代到另一个时代，再到下一个时代，哪怕沧桑变化，世事如棋，莽山永远如故。

静默，伟岸，慈悲……世间所有的赞美，似乎都能编成一个花环给莽山戴上。

莽山的一切，目之所及的任意一棵老树，一块巨石，甚至一滴水珠，都有着它们自己的故事。在历经十年、百年、千年，甚至上万年的沧桑里，它们一直都是自己的主角，演绎着似乎永远也不会完结的一生。我在书里写下的，只不过是它们漫长历程中的一个小小桥段而已。

就算如此，在一次次采访和搜集的过程中，我不断地刷新和升华了对莽山的认知。

她赐世间以瑰宝，却在极其漫长的时空里得不到贴切、善意的回答。奉献，再奉献；付出，再付出……周而复始的善良、无私，直到又一个新时代的到来，终于回到了恰当的位置。

郴州山水，绿色传奇。这本书的写作与出版，感谢中南出版传媒集团、湖南电子音像出版社和郴州市委宣传部的支持，感谢宜章县委宣传部、莽山林业管理局、莽山水库管理中心等单位对我的采访提供帮助，感谢莽山众多旅游工作者的辛勤付出。大美莽山，相得“宜章”，特别感谢几位摄影老师为本书提供了许多精美照片。

山水画卷，郴州相见。但愿第二届湖南旅游发展大会的东风，能把这莽山吹得更青翠、更昂扬、更盎然。也只有这样，这座大山无数年来的奉献和付出，才是真正的值得。

图书在版编目（CIP）数据

莽山传 / 曾散著 . — 长沙 : 湖南电子音像出版社，2023.8

ISBN 978-7-83004-486-2

Ⅰ . ①莽… Ⅱ . ①曾… Ⅲ . ①纪实文学 – 中国 – 当代 Ⅳ . ① I25

中国国家版本馆 CIP 数据核字 (2023) 第 157716 号

莽山传 *MANGSHAN ZHUAN*

著　　者：曾　散　　责任编辑：周力文
出 版 人：黄永华　　技术编辑：王　枢
总 策 划：贺永祥　　装帧设计：杨发凯

出　　版：湖南电子音像出版社
网　　址：www.kuaidianting.com
地　　址：长沙市营盘东路 3 号
邮　　编：410005
经　　销：湖南省新华书店
印　　刷：湖南天闻新华印务有限公司
印　　数：5000
开　　本：710mm*1000mm　1/16
印　　张：19.25
字　　数：180 千字
版　　次：2023 年 8 月第 1 版
印　　次：2023 年 8 月第 1 次印刷
书　　号：ISBN 978-7-83004-486-2
定　　价：78.00 元